献给我的父亲和母亲

XI NIU
DA GE

犀牛大哥

著

你可以
把这本书
当作一个
收费的拥抱

中国华侨出版社

序

1.　//

那一天，有个朋友问我：“怎么界定爱？”

我回她：“爱是希望对方过得比自己好。”

2.　//

1996年，入行第二年，4月初，我去公司领稿酬。不知道为什么，当时我认定一页稿子只值0.5元，一篇20页的短文就值10元钱，还不及家里给的每月15元零用钱。所以可想而知当老板阿恒递过来七张百元大钞时，我内心深处有多震撼。在骑车回家的路上，我飙了整整十五分钟脏话来抒发兴奋的心情。

语种顺序依次为粤语、客家话、普通话、英文、陕西方言和四川方言。

3．　//

一开始，这本书的提案被否决了。

2013年年底，编辑筱薇告诉我，散文集还是在选题会上被刷下来了，当时这本书有十万字，配十来张照片。那半年里，我有六个项目都因为各种原因在最后关头搁浅。过年时，腰伤发作，每日卧床，我心里焦虑着开年后不知道有什么可做。过完年，筱薇发私信说她过年时一直记着这稿子，心里觉得还是可以做的，让我把文字精简一下再给她。于是十万字删减到六万，再加上一万多字的专栏文，重新报批，顺利通过。

4．　//

这本书是我的第八本文字书，也是第一本散文集。以前能够出书是因为我自己就是图书公司的股东和创意总监。而这次是我第一次单纯凭借文稿质量取得出版方的认可。

是的，我感到很骄傲。

5. / /

矫情版广告词，解释这本书的书名由来——

我们其实对拥抱是陌生的，生活中哪有那么多理由获得如愿的拥抱？即使有，不是抱得太轻就是过快松手，或者用力过猛不解风情。那些深深浅浅、不遂心意的拥抱属于生命中或多或少的遗憾。如果你能用别的什么代替它们，那么用一本书做替代品也许是个不错的想法。无论你在哪儿，地铁上，咖啡馆里，海边，挤满游人的假日公园中，或者身处一个人的深夜食堂，你都能即刻将随身携带的五十四篇文字变作五十四个长短不一却安心遂意的拥抱。

6. / /

很多人都问我为什么叫犀牛大哥。我知道大家期待这里有个可歌可泣、狗血淋漓的故事，可惜没有。我从小没什么特别的外号，曾经在公司里有人叫我玮哥，等威尔刚出现后这外号也作废了。大一时有个学妹看过一个广告，一头犀牛反复撞击巧克力板，她说：

“那头犀牛好像你呀！大哥！犀牛大哥！”后来其他同学也跟着叫，叫出不同版本：老牛、阿牛、牛哥、老犀牛……

嗯，就是这样。

7.　/ /

我个性上像母亲，外貌更像父亲，笑声和聊天时用方言打开局面的习惯却和父亲很像。我和父亲都说话不算数。他在四十岁时说：“你要是期末考试每门都是一百分我就戒烟！”我做到了，他不戒。还有一次，忘记什么缘由，他又说：“你要怎样我就戒烟。”我做到了，他还是不戒。

2006 年，我和父亲站在阳台抽烟（是的，那时候我还偶尔会抽两支），我说：“你给我一年时间，一年后我没红起来就转行。”八年后，我还没红，但我还在做漫画。

有时候为了梦想，你得学会打肿脸充胖子，做到说话不算数。

孔子说，要盟也，神不听。意思是被迫签订的合同可以不具备法律效力。

8.　//

喜欢绘画的源头……

父母是双职工，要照料两个孩子太困难，估计是手边有铅笔、蜡笔就直接塞到孩子手里，让我们哥俩在墙上胡乱涂抹。涂得真勤快，两岁搬家时整面墙都涂黑了，要额外补偿新邻居刷墙的费用。再大一点儿，画画成了游戏，拿张旧挂历，从这头儿画到那头儿，成百上千个火柴人用冷热兵器打仗。有时两兄弟一人占一头，互相攻打，你画十辆坦克，我就加二十架轰炸机——对我们来说画画比在外面疯玩有意思多了！不光在家画，上课也画，常有老师向当校长的父亲投诉，你们家老大老二又上课画小人儿了！

这种画小人儿的游戏有一天成了工作。偶尔父亲感慨，说老刘家没谁喜欢涂涂抹抹的。这时我母亲就会骄傲地接过话茬儿：“我们老傅家祖上可是出过书画家的！儿子这点儿遗传都是我的功劳！”

9.　//

搞怪版广告词——

天下没有免费的午餐，当然也没有免费的拥抱。把一本自己花钱买下的书当作拥抱的好处是想抱多久就抱多久。你还可以出借拥抱，交换拥抱，用此抱换彼抱。这个拥抱的效果不一，可以让人哭，可以让人笑，有时让人掩卷叹息，有时还会促使你翻找初恋的电话号码和邮箱地址。如果你嫌这个拥抱的效果越来越弱……你可以期待作者的下一本新书，期待下一个收费的拥抱。

10. //

母亲现在会反复讲述我小时候的故事，给我看我五岁画的贺卡，说："玮玮十个月就会说话，能指着墙上的画片叫出大马、高山、河流和白云，知道相片里的老人是姥姥和姥爷。"另一个比我胖两圈的婴儿是哥哥。她的讲述变成循环播放的家庭录像带，让我知道自己曾经很瘦小，很能哭（24 小时几乎不停），也知道原来我讲出的第一个单词是模仿母鸡下蛋的"咯咯"声。我出生时是个没有呼吸的伪死婴，还好是军区医院，如果在别的医院也许就直接扔进垃圾桶了。那时所有医生和护士都跑去给我输氧气，扔母亲在病床上肚子敞着流血。

因为这些讲述，我对自己生命最初几年的日子一点儿也不陌生。

11. //

我有个孪生哥哥。

按照自然生产的规律，我应该是哥哥，但剖宫产先取走靠外的那个，于是他成了哥哥。我们在出生前打架，互相拿脐带去勒对方，他的脖子上被绕了三圈，我绕了三圈半，他赢了。所以出生时，他哭得惊天动地，我则耷拉着脑袋连气儿都没了。不知道是不是潜意识作祟，长大后，我一直都努力吃胖一点儿，所以也从未打输过任何一架。

我们是同卵双胞胎，从小厌倦了什么都一样，于是刻意追求不同：一个胖，一个瘦；一个高点，一个矮点；一个表现活泼，另一个就选择安静……现在我选择在国内做创作人，他愿意留在北欧业余研究厨艺，各取所需，挺好。

12. //

我提前在这里谢谢一些人。

感谢我的父母，我的一切都是你们给的。

谢谢我的搭档源姐。

谢谢我那个时常提供经济援助和北欧生活资料的老哥。

谢谢我日常生活中的朋友们，你们一直相信我，鼓励我，你们出现在这本书的每个角落里，请自行查找。

我要谢谢博友树下听蝉老师，他是第一个建议我把这些文字整理成书的朋友。

谢谢丁子义务帮忙寻找出版机会。

感谢叶飞，他主动帮忙牵线搭桥，直接促成我与本书编辑的相识。

谢谢编辑筱薇，你的不抛弃不放弃让这本书拥有了第二次机会。

还有你，谢谢你，你让我希望自己变得更好。

13. //

到明年，我就入漫画行二十年了。

这二十年里，画漫画，写小说，写电视剧本（没拍成），写话剧剧本（和搭档一起导演试演版，没公演过），做过策划，做过函授，写过教材，是第一个在香港做漫画周刊主编的内地漫画人，曾经有过自己的图书公司，一天都没转过行，暂时还没有发达。

14. //

2012 年世界末日之前，我把改了三年的原创漫画故事交给代理公司。在等待法国出版社回复的日子里，我常跑去书城旁边的星巴克写新剧本，在固定的位子上一边读书，一边顺手在纸上写些散乱的段子热身。接下来的两年里，我完成了另外三个原创漫画的故事，而那些散乱的段子慢慢积累，成了现在这本书的主体。

现在书要出了，漫画项目也终于有了进展。前者是无心柳，后者算有心花。

朋友听到消息发短信说，苦未尽，也许甘要来了。

15. //

小时候，我太喜欢听故事，没有别的娱乐，每天睡觉前缠着母亲讲故事。实在没什么可编的了，她就说：“我们讲一个永远也讲不完的故事吧。故事是这样的，从前有座山，山里有座庙……”

听过这个故事后，我和老哥开始自己编故事玩。一个人起头，另一个接，故事开始时是说，我是一个XX。XX可以是侠客，可以是某国公主，可以是无家可归的小猫小狗。另一个人就接，那我是YY。YY对应XX，也许是侠客的师父（马上就被仇家谋杀），也许是公主的侍女（她发现窗台下有个年轻人正要爬上来），是一个想抓住小猫小狗的坏人（小猫小狗的主人紧随登场）。这样的故事一直编到不想编为止。我想这就是属于我的最初的创作，动力来源于对故事的贪婪，对枯燥生活的反抗。

16．　//

最后，我要感谢买下这本书的你。你买下这个收费的拥抱，是给写书人的鼓励和肯定，我很感激，很感恩。

相信它不会让你失望的。

－2014年8月18日

－写于最常去的那家星巴克

目

录

contents 01

目

录

contents 02

Chapter 01

头发

◆ ◇

先讲一个与头发有关的凶杀案。

一个朋友是做装修的，有一次他接了单洗浴中心的活儿。洗浴中心是兄弟俩开的，不知为什么起了冲突，这俩都混过黑道，暴力成为解决方案：老二请人去干掉老大的头马（粤语，头号马仔）。杀手得到的消息说头马今晚睡在工地上，圆寸发型。杀手趁黑摸进工地宿舍，一摸，偏分，再摸，短寸，好，一刀，两刀，三刀，走人。第二天早上大家发现助理工程师躺在血泊中——小伙儿那晚刚好留宿，又刚巧剪了个跟头马一样的发型，结果不明不白做了替死鬼。

另一个朋友因为生产后没好好坐月子导致内分泌失调，腰酸之余还脱发，小孩儿没断奶呢，自己先脱成癞痢头。她艺术家脾气大，说没头发也不能耽误抽烟喝酒啊（这都好容易解禁了），补救方法是吃着中药喝大酒，托人从香港买了几顶假发回来遮丑（那款染成栗子色的波波头是她的最爱）。那几年，她在饭桌上猛地把假发摘下来吓唬新朋友是聚会保留节目，有时喝高了还硬让我们戴，必须是男生戴！弟兄们都曾戴着假发扮天涯歌女，还录像。

录像机的主人后来成了我某任女友，常开玩笑说："你要对我不好就把录像带寄去电视台！"

在她还不是我女友的时候，刚上大学，有年暑假见面，远远地见一戴棒球帽的瘦高个儿晃过来，帽子摘下，脑壳上一层不到五毫米的浅黄绒毛，脑后爬出半条微凸的蚯蚓。她说上个学期长脑瘤，动手术摘了。她总拿这种满不在乎的口气讲发生在自己身上的惨事，包括后来留学意大利，半夜打电话和我说正躺在医院里，刚才骑车被迎面冲来的 MINI Cooper 撞飞了："你知不知道这儿的巷子有多窄！只够一辆小车儿过，我根本没地方逃呀！"

有个检测玉石真假的老法子，找根头发缠上玉石，放火上烧，好玉清凉，能保发丝不断。我也曾有过顺手揪下根头发就能绕指七八圈的时候。我在西安出生，长到十岁来到南方，大学又考回西安美院。脱离父母视野后第一件事就是留长发，留了五个月，头发及肩，大致可以扎出条辫子。我顶着一头开叉长毛回到童年生活的大院，刚下车，有小孩儿在身后喊我阿姨。小学老师见到我说："呀，果然是美院来的娃娃，看这头发长的！"美院的娃儿都这样，男的头发长，女的头发短，还有理光头的，雕塑系新生里几个秃瓢造型的姑娘常在网吧出没。记得第一次在校外浴池洗澡，推开门，喷头下站着五个长发飘飘或胖或瘦的裸体，差点儿以为走错隔间。

那年寒假回家，我和父亲被彼此吓了一跳，他惊讶于我的辫子，我诧异于他的白发。他忘记染发，满头白霜。老人家染发看着挺年轻的，但染得太年轻也麻烦。有一年，我们一群人去香港玩，我母亲的老师——七十大几的老头儿，没发福，腿脚不好但身板挺拔，站姿标准，头发下功夫染得自然（太自然了，像从香港买回来的高档假发），看模样估计年龄刚过五十。外出舟车劳顿，累了没人让座，我母亲顶着一头灰色的头发跟有座位的年轻人解释："这是我老师，快八十了，就是看着年轻，能给让个座儿吗？"有时遇见普通话不好的香港人，我还得在边儿上用粤语翻译一遍，让座的和还站着的都尴尬。

也是那个寒假，大年夜，我将辫子剪去，用刮刀给自己剃了个光头（好吧，我承认当时刚刚失恋）。年轻人喜欢极端，十五分钟里从长发到光头，好像经历一次死亡和重生。人渴望改变，但改变太难，无论心境、性格还是外貌。减肥太辛苦，整容要花钱，最容易的莫过改变头发的长短与走向——好像借此可以创造出新的自己，完成一次不那么痛苦的“化蝶”。

Chapter 02

开始

◆◇

《当哈利遇见莎莉》是我最喜欢的爱情喜剧，幽默、睿智、丰富、夸张，但得体。开篇那些讲述“开始过程”的老伴侣为整部影片定下基调——无论相遇多么正常、荒谬、无理、可笑，都不妨碍拥有属于两个人的美好。

那么，开始吧。

她在父亲去世那晚给他打电话。他们刚刚相处了几个月，大家都还未过十八岁生日。他是个安静的男孩子，拥有极强的冷幽默天分。她固执，好奇心重，一直以为自己比他坚强（或者只是固执）。他留意她半学期后鼓起勇气提出约会，却什么也不说，只塞给她一瓶汽水。

“傻透了。”她笑，“哎，帮我拧开呀。”

接下来的几次约会，他居然还带朋友来壮胆，这让她一直担心自己是不是选上个懦弱的白脸书生，所以这晚她给他电话并没什么期待。

那晚他听她哭了半小时，又讲了半小时。最后他说：“别哭了，你有我。”

现在他们的女儿刚读小学一年级。

他请她喝酒。他是老板，她是实习生，他比她大九岁，他比她能喝，她烟瘾更重。她喜欢能喝的男人，在实习的一个月里这男的从来不醉。

也可能因为她总先醉。

那晚喝到最后，他说：“你就留下来吧，别走了。”

她笑，跟他碰杯，觉得真幸运，大学还没毕业就已经落实了工作。离开酒馆，他牵她的手，其实哪儿是牵，简直是攥死捏牢——她才明白自己会错了意。

结婚二十年后，她真的真的不喜欢他能喝了。他还跟二十年前一样无酒不欢，每晚一群病痛缠身的老哥们儿喝顿大酒回家各自卧床，舒服点了马上又聚。他痛风严重，发作时脚疼，沾不了地，需要她伺候。她再也不在他面前喝酒了。有时他不在家，她也会给自己开瓶啤酒，打开电脑看看韩剧。她跟我说，现在喜欢半醉的他，真醉了就不可爱了。怎么以前就那么喜欢照顾一身呕吐物的他呢？这跟爱与不爱无关，也许只是耐心不够、体力不支。

她一开始就是抱着结婚的念头加入义工联的。

不用五分钟，她就发现组里女多男少，其中有四个女孩儿与她藏有同一目的。这意味着需尽快选择目标：不能太矮，不能太安静，不能太活泼，要戴手表，不能戴眼镜，不能有小肚子，要会笑（不是只咧开嘴，是会用眼神笑），不能抽烟，不能……不能再有“不能”了。她提醒自己，其实很简单，就像之前想好的那样，谁第一个走向老人A（看起来中风最严重、最邋遢）就选谁。

对了，还要有团队合作精神，以后他得帮她一起照顾家人。

那么，会是他？

还是他？

还是……他？

千万别是他……

还好，是他。

PS：我正纠结怎么结尾时，咖啡馆里响起《当哈利遇见莎莉》的片头插曲（另一个男女合唱版本）。

现在可以承认当时我还真想立刻与你分享这个巧合。

Chapter 03

有准备先生与太超过小姐 //

◆ ◇

他 //

他在八岁时第一次知道有情人节这回事。姐姐在阳台小声骂着电话那头儿的男朋友：“连个礼物都准备不好，你还算男人？！”从那以后，他就在书包里准备一个小本儿，记录情人节礼物构思清单。

到现在二十年过去了，那些构思有的已经用过，比如一支三色圆珠笔、一袋大白兔奶糖、一只蝴蝶标本、一条银链子（假的）……用过的会在旁边画上一只巨大的五角星，没用过的则越来越像狂想曲。

来，让我们看看还剩什么。

一首用钢琴弹唱的情歌（现在纠结的是弹《只愿为你守着约》还是 *I Believe*）、一只手表（如果哪个牌子在情人节出纪念版又买得起的话）、一瓶打牌赢回来据说来自芬兰的白葡萄酒（2005年产，能在瓶底看见沉淀物）……可她真的喜欢情歌弹唱吗（她钢琴十级）？她喝酒吗？也许她不喜欢葡萄酒反而热爱威士忌！那她喜欢牛皮手镯还是定制手机外壳？又或者……一件巧克力做的可食用情趣内衣怎么样？

等等，最后那个点子是谁的主意？！

他也不是没试过乱枪打鸟，曾有一次出国公干带回三份礼物，见面礼、正式礼品，外加一份小惊喜。三管齐下应该够了吧？可当时的她收过惊喜后第一句话是："还有吗？"

烦恼几天后，他突然想通了，其实很简单，给她惊喜就是给自己惊喜，直接抓阄！这、这、这都行，列出来让她挑！以后想不出送啥就用这招，也不枉费这半辈子心血！

最关键的是，一定要准备几张空白纸，不能每条纸片儿上都有内容，那样才刺激好玩。

她 //

她总把对方吓跑。

第一次过情人节，她做了一颗心装在蜡封的汽水瓶里。汽水瓶是 1996 年亚特兰大奥运会的纪念版（他喜欢收藏汽水瓶）。那颗心用橡皮雕成，刻上他们各自的生日。满满一瓶蜡是她点着红色蜡烛一点点滴成的，最后整个“作品”并未展现出想象中的晶莹透亮，冻肉式的质感让那颗心更像连环杀手的纪念品。

后来她还织过一条围巾，用上能买到的最贵的毛线，自己上网下载织法，拆了织，织了拆，好像把一辈子的耐心都用光了。收礼物的男孩子来自单亲家庭，脸色苍白，他收下宽十五厘米、长八十厘米的印花围巾，没过几天就打电话提分手，说受不了别人对他好，对他越好越提醒自己总有一天会失去这些、那些、所有。

她因此受了伤，空窗两年才再度动心。

“可是啊，牛哥，”她刚加完班，脸都累得水肿，“我该怎么办？我就是想对他好又怕做过头……”

“你就说你今年想送啥吧？”

“手工面包。”

“哦，那还好嘛。”

“我在网上报了个班可以去香港学做两款，一款是酸种面包，一款是肉桂卷。他们还能让我带一小盒酸种回来。酸种就是活酵母，是从澳大利亚一家老面包店带回来的，活了十五年了！因为酵母吸收的是空气里的养分，等于那是一盒结合了澳大利亚、中国香港和中国内地的空气制造的超级混种哦……”

“够了够了，太超过啦……其实不要搞那么复杂。”我笑，“为什么你要第一时间送他礼物？你可以告诉他今年男士优先，要他在一大早送你，等到晚上你再回礼。这样一来可以按同等标准回礼。记住，是同等标准！别他送你几朵玫瑰，你就跑去自制手工巧克力外加爱心大礼包！”

我 //

我今年没有送礼对象。

我看着他和她，还有另外的他，他，她，她，她……突然想起刚刚读过的一本书。里面描写美国监狱男女犯人之间一种叫作“空气书写”的沟通方式：两个牢房相隔近百米，一男一女站在各自窗口，借助夜晚与室内光的反差，用手在空气里反写字母。如果运气好，你能遇见瞬间“读懂”你的人；运气不好，比画一整晚也不知道对方在说什么。

你看，无论是不是情人节，大家都是爱情的囚徒，关在各自的牢房里，等着遇上一个可以读懂自己的人。这么一想，礼物又算多大事儿呢？

祝你们好运，祝我明年好运。

Chapter 04 请自愈

◆◇

记得某本杂志说猫从七楼掉下去就一定会死，原因我忘了。某天读了另一本书，上面说猫从八楼摔下会没命，因为它需要八层楼的时间才意识到自己在坠落，才开始放松，调整身体，以脚落地，不至于背摔当场。

我不知道哪种说法是对的，但这不重要，任何时候都不应用生命做这类实验。

在常去的那两家咖啡馆喝东西，离开时会自觉地将杯子送去柜台。在不熟的那几家，我任由它们留在台面。我怕过于自来熟的表现会引来不必要的尴尬，虽然引来善意的概率更大。经验告诉我，在日常生活中，我们对熟悉的人更无礼，对不熟的人则客气很多。这种双重标准来源于安全感。越安全的地方，我们会越放肆。

所以，不要以为爱情是给予安全感的事物。

爱情其实是所有关系里最脆弱的，家人有血缘做纽带，朋友之间更是不能强求，同事因共同利益和共同目标绑在一起……只有恋人之间既有无数要求又没有血缘关系，意见观点不合时也无法一笑了之，而且说分就分，连可惜都省去。

所以爱情需要经营，而家人即便忽略也少有怨言，朋友更能淡如水。

“你懂我所有的开心与不开心”这种想法很美，也很不实际。是的，这是真相。

有时我会觉得自己的心碎了，但它不会碎很久。随便什么事，饿了困了，一只鸟飞过，一辆车鸣笛，一走神，心就自动愈合了。它只会死，不会变作碎片。

它可是你身体里最强的肌肉群。

我这里有封写给你的信——

今天我偶尔做到双手一起弹奏钢琴，大约有十秒不到，然后，就像连接的神经突然断开，左手又开始不知所措，右手则自动跳过下一小节。能有这样微小的胜利就够了，要有耐心。你一开始无法想象的事，经过笨拙的一次次尝试后，会在某个时候（那个时候一点儿也不特别）就这么发生了。就这样，你做到了。你甚至不需要强调“相信”，不，不用那些形式，你就那么做下去好了。

我的台灯坏了，那枚只有指甲大的灯泡得去专卖店买，现在只好将就使用老台灯。灯放在离我很近的地方，冷的话可以把手靠近取暖。有年冬天，我迷上了透过暖光观察自己的骨头。那么粗的手指，光也可以轻易穿透。我总希望透过灯光能发现什么：一颗融在血肉中的宝石，一段古老文字，一道穿过异世界的门。

没有人甘心平凡，但请记得，我们都是凡人，不凡的是我们做的事。

傍晚我在书店里晃荡，你知道我的，我老去那儿。有个女孩对她的男伴说：“我真不知道买书有什么用！看过一次就完了。”我很想跟上去问她，你的人生又有什么用呢？过一次就完了。

是啦是啦，我不会做那样的事——不读书的生活也有美妙之处。我之不欲，不代表就是烂泥一摊。虽他人不理解不认可，都无须急着反对。

阳光要用八分钟才到达地球，它来时就已经晚了，可谁也不能抱怨它不够温暖。

Chapter 05 三友记

1

因为习惯同时读几本书，所以需要大量卡片做书签。有日翻《琼美卡随想录》，书里夹的明信片是现在身在北方的朋友寄来的。画面上白衣男子独坐酒吧，窗外隐约能见小山矮树。这位朋友是位妙人，之前我们并不认得，大家住在同一个城市，在网上有些共同的朋友。有一天他突然问我：“你也在 ×× 区？碰个面吧！”以我平素的性格不太会答应陌生人这样直接的邀约，但那天不知为什么就应允了。见面后一直聊到咖啡馆打烊，我讲得多，他认真听。刚见面，我就断定这小伙儿与我性取向不同，后来证实猜得不错。因为他，那段日子认识了一群同志朋友。我和当时的女友参加他们的聚会学打热门桌游。不否认，一开始我确有几分猎奇心，聚过几回后，觉得自己好笑——又能有多少不同？都是好相处的人。

也有好事的问，你跟一个同志才见面就聊了四五个小时，都说啥？

我回他："我跟你说啥就跟他说啥。"

有一次他给我电话，提议一起吃饭。我说："好呀，去哪儿？"他说："做了菜带去你公司吃。"

我去车站接驾，他捧着一锅羊肉汤挤了半小时公交车来。锅盖上挂一把香菜，真不知他怎么保持的平衡，没泼没洒。去小吃摊买了面饼上楼，汤仍滚烫，折几根香菜投进去，肉香扑鼻。我们一边吃肉喝汤嚼饼，一边聊尽八卦见闻工作情事。这人记性极佳，我讲过的事情，时间地点人物，偶尔复述出错，他马上能挑得出。

那段日子我跟他练习培养"Gay 达"，去任何场所，一眼扫去，红男绿女，谁是不同性取向、谁和谁是一对，五秒内给答案。熟能生巧，我的准确率曾一度能过五成。

数月后，有天他跑来说想辞职北上，不再做现在的银行工作，干点好玩的想做的事。我当然支持，他那么年轻，有足够空间发光发热。

之后两年，我们碰过一面。他，还有另外两个朋友，在公司附近的湖北小馆喝黄酒吃干锅，酒至半酣分别。他埋单落在后面，我听另一个修道的才子讲上山学拳的故事。他从一团灯影中晃过来，比以前显得清瘦。我来不及八卦他的感情生活，拍肩膀告别。这两年有时看他微博微信，事业发展不错，形象更摩登。他有时还会寄明信片来，我照例没回——既没有写明信片的习惯，也自信有些交情不求回应，心领神会。

2 //

她在二十三岁前一直以为自己是双鱼座——2 月 26 日。她人长得丰满小巧，娃娃脸，比我低一年级，不记得相识的过程，相熟倒是有印象：某天放学，说起各自心上人。小时和现在没多大区别，交换秘密等于歃血为盟，从此当对方是密友。她喜欢那男孩一年，又怨了几年，我则一直单恋我的“沈佳宜”直到……很久以后。

她与我一起学画，对，是一起学画认识的，后来她没考大学，跟我进了漫画行。我大学毕业组建公司，拉她入伙当制作总监。周围人总揶揄我们，说：“你们那么要好，不如在一起得了。”我每次听到都笑。不过有一次，也就二十岁刚过，我们在回家路上不知怎么讲起，有了共同的疑惑——是否真值得一试？当下拖住对方的手走了五十米不到，然后放开，哄笑。

奶奶的，一点儿异样感都没有，左手摸右手。

从此我们只当对方是兄弟姐妹。

做公司的第二年，有天她要我去帮她参谋一个人——网上认识的。这是十多年前，那会儿网恋还属“不安全”类别。地点在西餐厅，跑上来一个黑黑壮壮的小伙子，大方利落，事业有成，可我还是持反对意见。他年轻时冲动之下育有一女，吃过冤枉牢饭。在我看来有前科还带个孩子，喂，何苦去蹚这浑水？

少有的，她没理会我的意见。对了，那时她已知道自己生日日期写错，原本是 3 月 26 日，白羊座，于是性子也变得风火霸道了。我们几个朋友一直不看好这段感情，好在她和他现在有儿有女，一起做生意，日子过得比我们其他人都红火。

我真心庆幸自己当初看不准。

那天在当年我们挽手的路上，她骑车经过，拖着一大一小（女儿也是她亲生的，最大的女儿跟外婆过），小儿子长得跟“他”一个模样，扭着屁股叫过舅父后就大嚷要回家：“动画片马上开始了！”

3 //

她应该是不记得我了，我也几乎不记得她。

如果不是搬家收拾出二十八封信，我真不记得曾有过这位笔友。我们从高二开始通信，两年后莫名结束。她比我低一届，同城不同区。每封信大约两三页，她的信笺总会折成不同形状，星星、钥匙、各种动物，有时还在信纸背面贴卡通贴纸。

二十八封信里有三封提出过不如什么时候碰个面吧。估计每次我都说好呀，看啥时候见。但我们没见过，虽然两个人之间的距离只是一个小时公交车的路程。信里也没写什么重要的事情。我告诉笔友自己开始兼职画漫画，暗恋的女孩在另一个城市读书，那女孩不知道我喜欢她；我以为那女孩的好朋友是知情者，希望她帮我点破。笔友回信叫我不要靠别人，要自己去表白："你那么有才华，一定会成功的！"而我的笔友好像没有什么确切的恋情，她大部分烦恼来自父母对学业的高要求，还有太难看的校服。

"我看过你的漫画了。"1997 年的一封信上她写道，"就像你提醒的那样，打打杀杀，确实不是我喜欢的类型，但祝贺你。"

1998 年的第一封信她问我："你说你向喜欢的那个女孩子表白了，她没回应，那现在呢？对了，我马上要进行第二次模拟考了，我会努力的。但我还不知道报考哪个学校，你就好了，知道自己喜欢什么。”

1998 年的第三封是最后一封，她说：“你不要放弃哦，要继续喜欢她。能喜欢别人或有人喜欢都是件很幸福的事。”

我并没有通读每一封信,也忘了为什么会跟一个同城不同区，不是我读者，也不是我校友、同学和亲戚的女孩成为笔友。谁介绍的？反正我没有做过按照杂志提供的笔友名单乱写信这类事。那时我身边也有一群知心朋友，但都没有倾诉的需求。我有深陷其中的感情，所以不会是因为一见钟情……

你看，时间把很多答案都带走了。

倒也不觉得可惜，它还不够可惜。

Chapter 06 See And Been See

◆◇

咖啡馆就是"See And Been See"的地方，所以去之前我也会礼貌性地稍微收拾打扮。夏天热，就背着长裤出门，到店里洗手间换：一是自我感觉好些，二是抵御店内空调。年纪大了，不能挨冻。

多数情况下，我是斋 see（粤语"斋"是"只"的意思，"斋看"讲作"斋目弟"。中英混搭叫"斋 see"）。

有个女客人一边看书，一边用耳机绑好矿泉水瓶，单指提好坚持一分钟放下，休息半分钟后再提。这也许是某种锻炼法门。她穿着白棉衬衣、灰色休闲裤、浅棕帆船鞋，手腕上两条设计简洁的皮手镯，黑框眼镜，卷发及肩，中指戴着一枚银色双环戒，体态优雅沉静。

窗外露天席上的男客人正在打游戏，穿黑色背心、水磨牛仔短裤、皮拖鞋。他右手有婚戒，电子表和打火机叠放在一起，烟缸全满，脚边摆着三个气泡矿泉水瓶。他的电脑是粉红色的。

咖啡馆员工拿着闹钟过来找我闲聊。他有张类似京剧丑角的脸，眼睛永远瞪着，上下嘴唇一般厚实。不聊时，他会从书架上挑几本杂志翻看，或者去门口蹲着抽烟。他说他下个月就要调去另一家店了，租的房子离那儿太远，怕是不能再骑脚踏车上班了。

我坐的隔间里，五个座椅，四个都有人。我，女孩儿，女客人，男子。这时新来了一对情侣，男子讲话如低音炮，压迫得空气嗡嗡作响，女人着黑色紧身衣，勾勒出米其林弧线和内衣肩带纹路。接着又进来一个女孩儿，一身宽松的翠绿袍子，举手投足间线条迷人、肌肤光滑。男子右手握着女人左手，眼睛却始终盯在刚进来的女孩儿身上。

又一天，在另一间店读书。坐在对面的女孩儿特别耐看，微胖，腿不算长，招风耳，但笑容真美。她五官其实很普通，穿着灰色针织衫、白色棉 T 恤、小高跟，讲话时眼睛闪闪发光，像藏着一对旋转射灯。她和同伴讨论一些与金融投资有关的话题，听不清内容，只觉得声音很舒服。我盯着她看了几次，每次都加分。

观看其实是激发想象力的好手段。曾想过如果在街边架起录像机，即时投送街景在工作室墙上，是否更能刺激创作？

台风天，黑云压在未完工的大楼顶上。雨下得不密，一个老伯捧着杂志在室外抽烟，喝意式浓缩咖啡，光脚板架在另一张凳子上。有丑角面孔的员工出去解释因为大风，遮阳伞不能打开，请他进里面坐，他拒绝了。

在他这个年纪的男人里，老头儿算是把麻质裤子穿得好看的。

一对情侣走进来，男的忙着找电源弄电脑，女的去下单，隔老远喊："你喝什么？拿铁！什么杯？中杯！"她拿起小杯问店员是什么杯型。她身材不错，唯一的缺点是腰长腿短。她应该穿双有跟的鞋，那样小腿线条会像漫画人物一样纤细漂亮。

男的一直在忙公事，算有公德心，接电话会去店外，手势上下翻飞。她一直在自拍，各种角度，嘴嘟起来抿成线，把刘海拨下、头发扎起。她给他拿咖啡去的时候，他正眼都没看她，不停地抱怨，说了不加奶油不加奶油。

"我替你喝嘛。"她又拍一张，舌尖软软地挂在下嘴唇上，那模样连我也觉得可爱。她的手机套是桃红色的监狱兔，脚穿着一双棕色罗马鞋。

咖啡馆、健身房、书店、茶室里的年轻小妹，一旦换下制服，随便穿什么都比平日耀眼，哪怕身段不佳，撇两条小肉腿从柜台里出来，憨傻之中也有顾盼生辉之姿。

这是逆向的制服诱惑。

Chapter 07

K歌之王

◆ ◇

老同学带着女儿从法国回来公干，聚餐结束后去K歌。看表已近晚上十点，我惊讶，大伙儿都拖家带口的，小孩儿不用早睡觉吗？她说就是为了这小人儿呀，女儿还没唱过K呢。进去后，亚麻色头发的混血小宝贝抓起话筒，唱的居然是《歌唱祖国》！瞬间违和感爆灯……她唱得特别认真，手紧紧抓住话筒，好像那是一条死命挣扎的鱼。可她也只会唱这一首中文歌。一见形势不对，另一位同学的先生拍手说："小朋友们，跟我出去玩好不好？！"

看着一大两小推门出去，满屋麦霸都举大拇指——真是好男人！

有段时间唱 K 唱疯了，每个礼拜都有活动，不喝酒（酒精会导致喉咙毛细血管收缩影响嗓音）、不摇色子（太吵），要抽烟请离开包厢，每次还得练好新歌才能登场。现在还有人专程为唱歌去 KTV 吗？北方一些地区把卡拉 OK 叫练歌房，比 KTV 来得贴切。卡拉 OK 是日本人在 20 世纪 60 年代发明的，一开始在酒吧演歌，为了中老年人聚会而开发出包间。现在包间时兴主题化，卡通式、洞穴样、海盗船、太空舱，应有尽有。看好莱坞电影，好像美国多是沿用大厅演歌式的经营方式,个人觉得那样更过瘾。千禧年圣诞前后，我在西安上学，几个男生去音乐学院约女孩儿唱 K，大厅里二十几台围桌，我们只要唱粤语歌无论好坏都掌声雷动。阵阵掌声让几个臭小子飘飘然，通宵达旦认真演绎，认真得过了头，冷落了身边民乐系靓妹、声乐系美女。

为什么受欢迎？那会儿广东人代表有钱人，有钱人是新世纪的英雄。

某年在南方做漫画巡展，投资人拉着几位漫画家去 K 歌。江水中央有座人工岛，岛上宾馆里面设施陈旧，气派倒还在。晚上九点以后大厅里坐满人，上台唱歌的人水准颇高，美声、民族、通俗都有。我们在包厢里自娱自乐。那晚我和前辈姚非拉 PK。和姚大哥相比，我有语言优势——作为广东长大的北方人，比不过就点首广东歌嘛，不然来首快歌呀，再不济粤语动画片主题曲总行了吧！就像我的职业生涯一样，比画漫画的能写，比写文章的会画，左右逢源，重点模糊。

结束后和朋友散步，他指着一家外贸服装店问我：“还记得以前这儿是 ×× 酒吧吗？”怎会不记得？六十平方米的小酒吧，我们一伙人，最多时二十七个，霸了半边屋子。同去的还有玩摇滚的浪子，常上台献艺。“你也站上去过啊。”朋友笑，“真的！不记得了？！你唱的是《头发乱了》，可飙了，把老板都从柜台里唱起来给你鼓掌……”我实在没印象了，可能当时已半醉，才敢丢人现眼。唱 K 一家独大没意思，有对手有搭档才好玩。朋友 Tracy 是我的合唱搭档，配合默契到传绯闻；另一位挚友曹先生天生高音嗓子，周董、力宏、孙楠和齐秦的歌全 hold 住。众人歌路纷杂，并不一定歌如其人：看起来像御姐的总唱哀怨小曲，年轻的狂爱老歌，还见过看似粗豪的女汉子偏生一副天籁歌喉，能把包间墙纸上的花给唱活了！我的外甥女相貌清秀，却死迷痞子阿姆，有时半夜发短信来，一串鸡肠（粤语俚语里对外国文字的戏称）！上网一查，尽是些伤害、死亡、重生之类的暗黑语。可她本人一点儿也不暗黑，有肉吃就开心万事吉。带她唱 K，选出一个国内杀马特组合，曲调一般，造型非常劲爆。

一个朋友歌艺过人，女友高挑儿靓丽，练过舞蹈，有极细的小腿脚踝。姑娘什么都好，就是五音略有不全。在 KTV 哄她唱首歌，越唱越不自然，男友就拿手轻轻拍她膝盖打拍子。去年两个人分开了，再聚时她说总记得那一下下轻柔的击打，是另一种宠爱。古人讲琴瑟相合，两个人真走不下去，就变成两首独唱的歌了。

《K歌之王》我始终练不好，只有那么一次，自己包间小房轻轻哼，唱给不在身边的观众听，好像真的可以把心塞进话筒里。“我愿意和你约定至死”，可那只是“我愿意”，不是你也愿意。以前在家里装了卡拉OK设备，请暗恋的女生来玩，选首《只愿为你守着约》。我这副男中音驾驭不了又不愿放弃，以为唱给她听，她能懂。一年后在一起了，讲起这段往事，她早就忘了。她是个会唱歌的人，可等到我们终于有机会坐在包厢里对唱时，彼此身份已变成“分手还是朋友”。

这位“好朋友”唱着：“告诉我，你不是真的离开我，你只是……”

我保持微笑鼓掌，心里暗语：“××，现在你是真的已经离开我了。”

Chapter 08 双人电台

◆◇

现在。

有时他觉得对她的想念像一个电台波段，时而清晰，时而伴着杂音，有时还是外文频道，连他自己也听不懂。电台里有以他们为主角的广播剧，有新闻报道——她又在微信里放自拍照，旁边有个没见过的男人；有天气预报——她生气了，对象是餐厅外过长的人龙；还有广告时段：只有不顾一切的爱才是真爱！冷不丁他听到定时播报，现在是 ×××× 年 × 月 × 日，离 ×× 纪

念日还有 ×× 天，记得安排惊喜哦！新节目从来没有预告，新主持倒是些熟面孔，闺密、家人、上司、偶像、偶像剧男女主角、畅销书作者、发型屋新来的吉米老师和购物台变性女艺人。每个主持都像她那样直接、大胆、无下限、小心眼。电台只有在他工作和入睡时才停播。有时电台会突然消失，他看着眼前的她，安静，手脚细长，素颜，装哭，朝他做鬼脸，美得让他一句话也说不出来。她的声音趋于低沉，声调一高就在尾音分岔，居然给音色添上一股娇羞童真，好像女人卸下伪装后的慌乱。

于是他总听到这样的抱怨：你怎么又不说话了？

一年前。 //

有种电台只播放一种音乐，比如摇滚，比如乡村民谣，比如世界音乐或专注流行榜 ×× 年。他们俩的电台里充满了恐怖片配乐。他们从未想过因为寂寞而催生的小插曲有那么可怖的影响。他们的电台是海盗电台，不能着陆，不能被发现，准确地说，是不能让各自枕边的人发现。他们一开始见面时像来自两个国家，共用一种自己不熟悉的世界语交流。你听懂我在讲什么？懂了吗？懂了？那好，我再说一遍确保你能听得懂。她马上就预见到他们之间将发生什么，而他假装不知道。这些简单对话后面藏着各自的不满，不满生活，不满伴侣，不满自己。他们互相交换一副望远镜，让对方远远观察自己现在的生活——你看你看，他又这样，她又那样。你也觉得不对是吧？人怎么可以这么什么，那么什么。他们彼此成了两艘同样破旧的船，互相数着身上的弹孔，讲述船主的不可理喻。记不清是谁先邀请谁，也许大家都不愿意弄清楚谁先邀请谁（事后他会说是自己先主动）。

两年后。 //

他们成了彼此历史的专家,知道对方什么时候读过那本小说，什么时候去过这家餐厅，也知道对方理想的另一半不是自己这个样子，而他们宁愿相信对方已经修改过理想对象的准则。他们像一起参加某档半调子政论节目，讲着同一个议题，却必须要有两种主见,否则节目就不能成立。最初在一起是冤家有利于剧情发展，在一起两年了还是冤家就变成有缝的蛋。他一直认定男人沉默是金，现在明白有时候你得讲出来，不然她就认定你同意了。她一直都以为他是个合格的听众，可一个抓着热线电话不松手的听众又怎会受主持人欢迎?

有时他们也请来特别嘉宾。家里加入朋友后会多些话题多些乐趣，他们可以一起演绎合拍夫妻，你唱我随。节目散场，音乐未停，嘉宾回家，他们既满足又空虚地道晚安。谁也不会提换台的事。换台的权利就像核弹发射按钮，你可能获得胜利，也可能需要面对世界末日。

一年后。 / /

台庆特别节目！他们一起实现了一个梦想，又计划了几十个。这一天，他们搬去同住。节目开始之前两个人刚刚吵了一架，她抱怨他什么都不管，他反驳那是因为她什么都管。吵架有利交流，而且现在吵架安全得多，她不可能以不回电话的形式惩罚他，他也不能用手机没电做借口回避。她将彼此喜欢的歌编辑好播放，尽情撒娇，兴奋得鼻尖都红了。节目常常因为接吻被打断，他们一起讲了好多重复的誓言。她要求他给自己提意见，他说她就改。他选了两个不那么打紧的小习惯，她也回他几个无关痛痒的要求。他没说正在播放的电子乐让她热泪盈眶，可对他来说却像不间断的尖叫。但这是特别节目，作为唯一听众，你必须忍耐，并鼓励自己爱上这串尖叫。暗地里的苦也是甜蜜的一部分，他和她心甘情愿。

Chapter 09

六个严肃故事 //

◆ ◇

1. 楼上的声音 //

我住的是顶层。

告诉你这个是想说明我的楼上是没有住户的。

但我每晚都能听到天台上的音乐声、欢呼声、打嗝声、开啤酒瓶的声音和打烂啤酒瓶的声音。

以前没有楼的时候，这里是森林。

以前森林里没有人的时候住着精灵。

精灵们每天饮用浆果酿的酒在森林里狂欢，焚烧那些得罪它们的树木，并努力把哼唱的歌改写成咒语。咒语写成后就藏在肚皮里，咒语经过酒的浸泡能生出魔法。

精灵并不像神话故事里说的那样懂得建筑房屋，它们习惯站在树枝上，它们不需要睡眠。

有时候，它们也会跑到人类居住的地方，做一些恶作剧来证明那些流传着的传说不是空穴来风。

后来森林没有了，精灵们只好练习蹲在大厦外墙的空调架子上唱歌喝酒——这地方比树枝好，有风的时候也不会摇晃。

它们还学会喝啤酒（在便利店里一箱箱地偷，不用自己酿制那么麻烦），啤酒让精灵们的肚子变大，肚子里的魔法住得不高兴了，就搬去女巫那里了。

于是，精灵们的魔法值在短时间内大幅度降低。

所以，我现在看不见它们，只能听见它们。

2. 好心情和坏心情 //

好心情一向不快乐，坏心情却笑口常开。

它们与人类的关系是这样的——

好心情不快乐，忧伤就去安慰它，于是人变得开心。

坏心情太高兴了，欢乐被吸引去，人就开始伤心。

你别以为它们名不副实。

就像有些女人喜欢称自己是“猫”一样——无论如何，她们是女人，不是猫。

3．承诺 //

男人爱上一个女人，他把自己的理智交给她。

“我已经疯狂地爱上你了！”

女人非常高兴，认为得到了一个郑重的承诺。

然后，失去理智的男人开始为另一个女人疯狂……

4．矿泉水 //

矿泉水是由水和瓶子组成的。

水以前住在自来水管里，住进瓶中后发现自己身份变了——从每吨三块六变成每瓶两块八。

瓶子以前在垃圾桶里长眠，一天夜里它被送去工厂，换身衣服后连国籍也换了——它从 Made in China 变成法国出品。

水和瓶子之间没什么共同语言，但有一天瓶子发现在自己头上还印着一个日期，日期一到，它们会重新回到自来水厂和垃圾桶里。

“我可不想变得廉价！”水说。

“我也不愿意再换国籍了。”瓶子说。

于是它们热切地希望被人买走。

水开始让杂质沉淀到被包装纸遮住的地方，瓶子尽量挤到前排，将反光点对准天花板上的灯光。

然后，有一天，有人拿起矿泉水——他喝下了水，扔掉瓶子。

5. 爱情 //

爱情的天赋是变形术，它一会儿是心肝，一会儿是太阳，一会儿是野花或小鸽子，甚至有时它只是胃抽筋，是想放屁的冲动。

它最大的乐趣是折磨那些拥有它的人类。

6. 礼物 //

男孩收到一架钢琴。

钢琴不是给他的，地址正确，收件人是刚刚搬走的租户。男孩看不懂快递单上送件人的地址，那是一种奇怪的文字。他让搬运工把钢琴抬到天台上。

男孩只有一只手。他曾学过钢琴，失去左手后男孩开始养鸽子，到现在他几乎把钢琴的事全忘了——想了半天，他只记得一首歌。

傍晚，在男孩盯着钢琴看了几个钟头后，他坐下来开始弹奏。天台上的鸽子因为琴声惊扰，飞来飞去。后来鸽子们开始习惯琴声，它们蹲在男孩脚边，排好队。

白色在前，杂色在后。

Chapter 10

恶童

他是低我一届的学弟，当年是校园一景：常常临近上课，一个赤裸上身的精瘦小个儿男生穿条白色四角裤从宿舍出来，披头士发型，脚上拖着半旧的黑色猪皮靴，下巴上支棱几根焦黄短须。上素描课的两个月里，他用油画框、板凳、蚊帐、雨伞在画室一角搭出一个窝棚，里面贴满摇滚明星剪报和小幅油画。没人管他，可能在美院里再古怪的做派也属正常。他跟我讲以前冬天太冷太饿，考学班的几个穷鬼刺头劈了画架在教室里烤馒头。铁皮饭盒平时也拿来调颜料，烤出的馍片几近七彩。下课后，我们去打球，打着打着变成打架，他满操场找砖头要跟人拼命。毕业后，他在机场附近的设计公司上班，每天盯着飞机升降混日子。一年后，他辞职去北京搞摇滚，开辆长江 250，挎子里坐着女朋友，据说比他大几岁。女生是他同乡，普通公司白领，供他吃住，跟他一起文身。讲完这些，他突然对我说借点钱吧，五百吧。我知道他找每个同学都借过钱，而且很少还。他朝我笑，这孩子还是那么瘦，笑起来满脸皱纹，像个刚出生的婴儿。

记得大二某晚，一群人热得睡不着半夜瞎聊。他说还没看过海，另外几个附和说也没看过。他说那就现在去嘛。凌晨两点，七个男生翻墙出去挤进一辆的士开去海边。车费七十，他扔过一百说不用找了。七个人里有三个没穿上衣，两个光脚，他还是那条白色四角裤。海边湿冷风大，也没有光源，大家在漆黑中从沙滩这头跑去那头，打滚推搡，鬼哭狼嚎，音浪压过海浪。四点多时我说咱回吧。黑车司机问有钱吗？这才发现刚才那张老人头竟然是大家所有的资产。好不容易拦下另一辆车，也许还是他小婴儿样的笑容起了作用，司机居然愿意载我们这帮身无分文的沙猴儿回学校。也是那晚，我跟他说想学吉他，他回去后写了每根弦对应的音符，示范了几分钟指法就任由我发挥。他不是那种原创歌手，歌喉一般，吉他弹得不错，台风很炫，小小的身影像枚小手雷。他在迎新会上表演过枪炮与玫瑰的 *Don't Cry*，哑嗓子哼着含混的英文歌词（估计是靠硬记音节学会的），喉咙里轰隆隆响，透着稚气的魅力。

他脾气不好，扔砖头是真扔，还好没准头。上次在我面前扔砖头的也是个湖南伢子，同样没准头。他很像松本大洋笔下的恶童，肆意妄为，脾气来得急去得快。老师们喜欢他，一个长不大的六岁小魔怪，有激发母爱的法术。他画画也确实画得好，简单的几何体素描，圆球与圆锥体之间像有空气透过去。他曾跟同班同学争一个女孩儿，未果。那女孩儿段数比他们俩加起来都高。他只是习惯在草原上疯跑的小狼崽子，做不到细心温柔，学不会探求女人心。

最后一次见面，他在深圳大学附近租了间农民房，十来平方米，贴满墙海报，CD、杂志、脏衣服堆在墙角。窗帘极厚，白天也要开灯。这小房间跟他大三时在校外租的房子无异，估计在北京住的地儿也是同样风格。他给我听录制好的小样，这首是朋克，这首慢摇，这首民谣，哎，这首还没配鼓。听不清歌词，吉他照例喧宾夺主。听完，他朝我伸出手来，五百吧。明知道他还不了也给了他，心想，就当交学吉他的费用吧（十分钟五百，真贵）。

有人一降生就心性老成，有人则一直把自己封锁在青春期里。到后来，老成的人多数活成一个笑话，青春期到最后就成童话了。童话嘛，总是骗人的。

Chapter 11

微酸的优雅

◆◇

E.B. 怀特在《这就是纽约》里写道："人在纽约，却与世隔绝。"因为纽约人身处世界中心，什么奇怪事都撼不动他们粗大的神经。现代人都如是，资讯发达，交通便利，以前地域性的流感现今可造成全球恐慌。自从"非典"以来，地震、火山云、核电站、毒酱油，人人练就处变不惊的心。

这颗心从不为大事费神，却因小事窒息，比如一份精致甜点、一只干净的猫、一扇生锈的铁门和一段濒死的感情。

HK 的商场大堂常有小展览，那天展出一具猛犸幼象尸体，它叫“卢芭”（Lyuba），从冰层里掘出，保存完整。它大约皮箱大小，棕色，看上去像用厚纸板制成——当我转去侧面换个角度观察后印象更深。它是扁平的，从后面看如一块巨大的动物饼干。

这孩子是大自然无意漏下的纪念品。

说到纪念品，那天在柜子深处，我翻出和她拍的大头贴，大约三十来张，颜色已经暗淡。柜子里还藏着另一套，是朋友和前女友的照片。当年他让我帮忙扔掉，我没忍心。这一对儿都是我的好友，所以心里有私念，认为也许有一天他们会复合。

现在他们各自成家生子，我错了。

在没有触摸屏的年代，等车等位时我有两项娱乐：一是观察身边的人，记下各种特征、口音、打扮；二是做个或长或短的白日梦，内容通常是各种飞黄腾达，偶尔灵光闪耀，也能留个故事构思。当时手机也有游戏，但黏着度不强。

自从沾上《愤怒的小鸟》后，“无聊时间”开始不够用。最近我总选择去一家信号不好的星巴克，保证两三个小时里不能刷微博，只好关注手中的书本。因为明白自己做不到断网生活，所以要利用各种不便利，回到以做梦为乐趣的时光中。

人多少是需要一些限制和规则的，比如球赛和税收，前者激发我们在单位时间内挑战极限，后者动员我们寻找政策漏洞。

身体和脑袋，两手都能硬。

很少有文字配得上形容“美妙的声音”，就像很少有男人算真正的“好男人”。其实现在的男人都不愿意当好男人了——自从那句“你是个好人……”成为典型分手开场白后，“好人”等于备胎或闷蛋。

男人们宁愿被形容为“有趣”或“神秘”。

神秘比有趣更好，感觉起来比较有深度，就像手写分手信笺算品位，用短信分手则直接成人渣。

更好玩的是，以前无论男女，如果从未谈过恋爱，你会觉得对方真的很纯，现在一张白纸在旁人看来更像个累赘。

我喜欢去这家咖啡馆的原因之一是落地玻璃外大片树龄超过十五年的林子，把马路对面的楼宇全遮挡住，配上蓝天白云，能营造一种置身郊野的假象。店铺朝西，夕晒时将半透明的灰色布帘拉下，露半人高空隙，效果像升起浓雾。但光还是从脚下溜进，并因众多桌凳腿儿分割出更多线条。做漫画的人最喜欢阴暗，工作时要用拷贝台，光线太强拷贝台就失了功效。最近朋友送了几十米黑布给我，正等有钱有时间好一次换上。

工作室所在的小区太老，老到主卧里没有宽大窗台，不过角落里有只小小的保险箱，深绿色，据说是空的。楼前的玉兰花树，十七年间攀高至五楼，一直都忽视了它，直到上周才意识到可以摘花苞回去孝敬母亲，那味道是她的最爱。现在我每天都会花几分钟盯树梢，期望再发现一两朵浅绿的芽头。

有一晚，我在树下借路灯余光寻找芽苞时，一只野猫在垃圾桶旁觅食。它把前爪搭上桶边，身体呈现的弧度像一抹无奈的笑。它的整个姿势不像在寻找食物，倒似与滚圆的垃圾桶跳舞。

那一刻，在微酸的垃圾味里，我体会到一种奇怪的静逸与优雅。

Chapter 12

七片落叶

◆◇

1.

路过商场后门，一个售货员正在打卡机前哀号：“就差一分钟没打上！这个月全勤奖泡汤了！”同伴安慰她：“好啦好啦，也就两百块嘛。”

她更大声：“那是我一个月菜钱好不喽！”

2. / /

两个闺密在聊天，面对我坐的是那位穿红衣的，应该比我年长，保养得极好，眼睛明媚，头发盘成旋涡状，她说着父母儿女公婆对自己的各种不理解，眼泪流得和语调一般平缓。

3. / /

一个女孩踏着独轮车穿过医院停车场去坐地铁,沿途病人们、家属们都盯着她看，有几个老人更惊呼出声。我跟在她后面，觉得这丫头好招摇，下一个念头却是，也是好事，她会成为大伙儿晚饭、散步时的谈资。

能让他人言之有故事也算善举。

作怪比作恶好。

4. / /

海岩说，喜怒哀乐、生老病死，喜、乐只占其二，要看透。

先记下来，然后想，无论佛道儒，都讲究静心，原因怕就是希望挣脱这八字困局了。

真是希望与妄想统一的执念。

5. / /

一个美妇人在给朋友展示孩子的照片，从朋友的反应上看，孩子长得真像爸爸。

6. / /

每次我修不好电脑、安不好灯泡、打不通游戏、开不了锁头、喝不了酒、吹不了牛，被嘲笑不懂打扮、不懂潮流时都及时安慰自己，百无一用是书生，认命吧。

7. / /

读书时最怕有人在旁边开会，这不，又遇上一拨。

六个人挤在四人桌上，一个做市场推广，两个技术开发，一个电子厂老板，一个老板娘，一个老板娘小舅子。话题先在吃喝玩乐上沾个边，很快就进入对世道的抱怨：成本太高，市场反应低迷，产品更新过于频繁……声浪倒比预测小，可接受。

到某一阶段，电子厂老板主讲，提到一个朋友，说那人太能了，你今天跟他聊个不相干的人，明天他就敢在谈生意时说那谁谁谁是他铁哥们儿。记名字的本事一流，脸皮功夫和心理素质更强。

然后，电子厂老板顿了一下，说我们这几个，都做不到，所以赚不上大钱呀。

那堆人都笑，笑得最响的是老板娘。

我对他们顿生好感。

Chapter 13

逃离

女儿出生后，老龙把家从三环内搬去通县。乔迁之日，他给我打电话，问："啥时候来京城呀，我在山里招待你，一推窗户全是树！"转眼五年过去，老龙在一通关于工作的电话结束前顿了一下："唉，深圳有雾霾吗？严重吗？"我说："不严重，去年加起来大概半个月，今年多点，肯定比你们强，据说河北省内都躲不过了。"他说："想换地方，全家一起咳了小半年。但这也不是主要原因，我女儿上幼儿园，功课太多。我请老师别管她，学习成绩中游就行，可不知哪位别的老师在班上问：'你们谁没参加学习班呀？’全班就我女儿举手，回来哭着说要去学钢琴学跳舞，不然小朋友不和她玩！我想好了，给她找国际学校！以后高中就出国,不跟国内孩子抢饭吃了！可北京国际学校要求太多，学费也贵。我还考察过上海的，不合适，你帮我问问深圳的情况，广州那边有朋友也打听着。反正公司稳定了，不行我搬南方跟你做邻居去！我知道你不喝酒啊，咱们天天工夫茶嘛！”

女儿出生后，阿清老公就越来越暴躁。他做插图收入不多，阿清说：“你赶紧去办个补习班，别整天跟朋友喝酒踢球吃烤串，不为我想，也为孩子打算打算！四年前报纸上讲养孩子平均要花两百四十多万呢！现在肯定更多！你一年才赚多少？房子还是租的！”阿清老公在清醒时闷头不响咬嘴唇，喝多了回来就踢凳子说：“你他妈爱钱就跟别人过去！”阿清和女儿一起哭，哭过几次后老公动了手，一拳一脚，第二天醒了跪在老婆面前咬嘴唇，但周末继续踢凳子，也踢阿清。阿清还手，被他打得更重。她跑到我的工作室躲避，说：“哥啊，我不回去了！我要跟他离婚！”那个周一，阿清就带着孩子回了娘家，她表哥在湘江边上有套空房。阿清以前做手袋加工，现在从厂里弄些外单包包开淘宝店。她传女儿照片让我看，说多好的孩子，可惜长得太像她爸。“你男人还没回家？”“没有。他天天在小区门口守着。我才不回去呢！打女人的男人最不可信了！”“对。我赞同。而且打你一次就有下次，千万别心软！”

女儿出生后，Anna 放弃了继续画油画的想法。她现在在一家幼儿美术基地任教，已经做到导师主管。五年前，Anna 还不叫 Anna，她自我介绍说姓尤：“大哥你就叫我小鱼吧，我老听薛师姐讲起你，说你这儿有漫画看。”我招待她喝可乐、读古谷实的漫画，她说自己一门心思想搞艺术，为了糊口刚托朋友找了份教小孩儿画画的工作，就周末上班，工资可高了。“大哥，我看你也可以去做做看。周末上课，平时画稿子，啥也不耽误。”我摇头说：“不用啦，以前也做过这类事，函授啊，开班收学生啊……能教好，但我不喜欢。你要坚持住，你的画不错，只是……残忍点讲，你得跟学生拉开距离，别让他们黏着，黏上就有别的责任，就算只是单纯喜欢你，总会影响精力。”小鱼很认真地点头说：“大哥，我记住了！”

你看，我们终于老了，老到开始因为孩子、婚姻、事业而逃离，老到需要从事业、婚姻、孩子中逃离出去。生活就是一条互相吞噬的双头蛇。大人们说长大后世界是我们的，可他们没讲清楚世界才懒得理我们任何人。它可没那么蠢——想跑？你跑得了吗？！

放下电话，我回家找老爹帮忙打听学校的事。几天后我跟老龙说上幼儿园也许还有机会，但一年后你孩子就得上小学了，好的学校需要父母一方有外籍户口，或者孩子自己有，至少是港澳户口。老龙在电话那头说：“广州同样麻烦，现在只能去海南碰运气了。兄弟，以后工夫茶喝不成了，哥哥请你吃海南鸡煲！”

放下电话，我跟搭档源姐说以前是劝分不劝离，现在不合适就赶紧分。话讲完六个月后，阿清发条短信来说自己又怀上了。

问她孩子爸爸是谁，她回复说：“还是谁谁谁嘛。我们没离，他在我这边开了家做广告灯牌的小店。他可是要早点发财，给大女儿存嫁妆，给小二子攒超生罚款。”

放下电话，Anna 说：“大哥，晚上一起吃饭吧，我老公带孩子去她奶奶家了。”等上菜的时候，Anna 说起上个月有学生家长找她，想出资一起做家新的培训中心，她已经答应了，还挖了几个现在的同事过去。“大哥你有没有兴趣来帮我？不用开会，不用打卡，一周来三天，教漫画高级班，月薪不低于这个数。”我没仔细看眼前有几根指头，朝她伸手：“哎，你手机里有没有小孩儿的照片？给我瞧瞧！”

Chapter 14

雪中花 //

◆◇

就在我准备离开的那天早上，下雪了。

已经三年没见过雪花。刚到北京那天晚上，零下一摄氏度，树桩跟前堆着已经呈深灰色的积雪（或者叫积冰也成），我急吼吼过去踩一脚，啪啪响，心满意足。电影学院动画系的教室凌乱无比，拍摄正在进行，除了导演和制片外谁都不认识我，我可以捧着相机到处乱拍。晚上睡觉要垫一块旧画板在身下，沙发太软，腰受不了。暖气和冰箱小声轰鸣，没敢开窗，外面那层昏黄灰雾据说吸进肺里会要人命。第二天，我用围巾当口罩，出门后尽量小口呼吸。

应朋友之邀过来参与一个广告的前期工作。绘制故事板，钱不算多，看中包来回机票、食宿和打车费。想得天真，以为每天上午画画，下午出去逛，谁知一画就是一天，吃饭叫外卖，傍晚出发去公司开创意会，凌晨回来继续工作。相比那些导演、外联、剪辑、制片，我轻松太多，可以开音乐听歌，画一会儿起来打水喝（北京太干，嘴唇永远处在开裂边缘），还有一桌子零食任取。

那群孩子不是到处跑就是盯现场，他们熬得起。

房主执行导演张老师和制片肖大侠是一对儿，有时凌晨回来，带瓶梅子清酒，每人分上一杯，边喝边聊，其实说的还是工作。他们说，我听。工作之余，取了书架上两本盗版《飞狐外传》读，小时候只看过连环画，现在翻书，文字和记忆中的图画常常重合。书里的江湖再凶险也比不过现世荒谬。他们还在讨论，我困了先睡。梅子清酒以前是拿来佐影碟用的，一套美剧、一瓶酒，也是冬夜。

这滋味快记不起来了。

因为总导演大脑便秘，只出了十张构思给我，头一次在中午前完成工作，下午安排去外婆的新家看一眼。

新家在 13 号线末端，临到家门口突然想起来没买东西，我一向没这方面礼数，现翻出打算给保姆的红包多塞了两张进去，保姆就直接拿现金好了。

外婆九十有一，半瘫，耳朵比三年前背，跟她讲话得喊，喊得元气大伤。她稍微胖了些，用视力好的那只眼睛盯着我，也没什么话可说。她的世界就在这院子里了。我添油加醋地讲这几天的见闻，明知道再晚点，不光她，身边的大姨和保姆谁都不会记得。

我挺想吃外婆做的打卤面，上次吃是二十年前。我以为还有下次——那年年底，外婆过世，我后悔那天没有多喊一会儿。

北京太大，大得让我讨厌它——空出两个小时，在深圳去哪儿都成，在这里哪儿都有去无回。那么多亲戚朋友都不敢通知，怕没时间聚，怕聚会变成候车，怕回程远影响大家生物钟……这样傻大的城市，除了机会多些外有哪点好？晚上堵在立交桥上，我和制片用粤语聊天，后座上摄影师玩手机打瞌睡，从后视镜里见到一溜车后灯远远闪到天上。

天气一天比一天暖，去之前以零下十摄氏度为基准置备的衣裤全派不上用场。早晨一拉窗帘，太阳却出来了。这次广告拍摄对象之一是个作家，我从未读过他的书，张老师卧室书架上有本他的小说，港版，翻了几页，文如其人，诡异放肆，不是我的菜，弃之。

这种太聪明的文笔十年前能读，现在偏好圆润适度。

大厅桌上摆着我的午饭，一只锅盖大的馕饼。张老师一直搞不懂我为什么可以拿它当早午餐。

“好吃吗？”他好奇地拿起馕饼敲桌子。硬得能杀人！

“好吃。”我笑，“肉吃多了烧心。”

午饭后正画着，接了两个电话，全是来倒垃圾的。手上画，嘴上说，脑子跟不上，实在焦躁，就都用重口吻回过去：“好好想清楚自己要什么，明白了再跟我讲！”

年关近了，不光离职的多，分手的也多。这又何苦？冬天应该是借着寒冷产出更多拥抱才对，应该手脚缠好赖床才对，应该围住火锅一边增肥一边看对方脸颊变红才对，应该温一壶清酒、抱一只老猫相视无言才对……

我跟电话那头说，吵架的时候就笑一笑吧。一笑，大家就不绷着憋气了，也许会找出另一堆“应该”来。

我估计他们和她们最多半懂。

真的下雪了，飘下来一小团一小团堆在衣领袖口，更像碎冰碴儿。等了二十来分钟才有空的士，是想让我多在雪中站会儿？车里广播在讲笑话，说一花店做的广告特绝：本店鲜花最便宜，便宜到甚至你可以多买一束送给太太。

那一刻，我突然明白为什么最好的悲剧就是喜剧。

对，应该在风雪中带朵鲜花给 ta，哪怕只是因为太便宜。

Chapter 15

也就是恰到好处

卡雷尔·恰佩克曾写过：伟大的园丁或苗圃主人，他们通常都不喝酒，不抽烟……他们也许有些微胖，手指肥厚，似乎与娇弱的花儿形成对比。但这正是一个爱园人的本色形象。以这标准看，我都符合，可偏偏连仙人球都养死。这世上没有统一的准则，因为事物总在变化，而且缓慢得没有任何生命在自己的单位时间内察觉得到。

面对短暂的生命，有人选择进行尽可能多的尝试，因为生命太短，世界太大；有人则专心做一件事，全因生命太短，世界太大。

在楼宇没现在那么高的时候，无论早晚，常听见飞机降落的声音。有时轰鸣声大得让我以为下一秒飞机就会落在院子里。或者是架飞碟？我想每个人多少都会有些“远方情结”，我的远方是纽约和冰岛，极端丰盈与荒芜。不过现在再有飞机轰鸣声吵醒我，只会造成某胖爬起来满屋找零食。不再流浪就代表老了，像朱家二小姐写的那样：爱不动了，吃不动了，做不动了，力不从心。

哪怕人能永生不死，有些东西也无法消失，比如战争，比如妒忌。

看过一幅画，《餐桌上的猴子》。猴子没有动那些菜肴，蹲在鱼肉间表情淡漠，有禅意。光是做出与众不同的选择，别人就会认为你要么是天才，要么是怪胎。《南方公园》的制作人之一帕克说过：所有认为自己才是正确的人，都不正常。说得很对，像在骂我。

话说回来，真正的天才往往会做出特笨拙的事。比如现实生活中我见过智商最高的男人，他反抗老师的方式不是做恶作剧或舌生莲花辩倒对手，而是挥拳直接与高他一个头的系主任对打——也许在他的认知中，一切迂回的解答方式都不如直击问题核心。

可生活不是数学题，是政治学。

凌晨做梦，先是与父母在客厅争吵应否继续理想（或幻想？），突然转去轰趴（Home Party）场景，所有熟与不熟的朋友都在，气氛大好，美酒，佳肴，音乐，泳池。接着两个朋友和一个旧同学意外死去。我随另外几人去海边，要从十几米的高度跳下才能入水，他们都跳下去，游得逍遥，我趴在崖边的铁架上动弹不得……

醒后给自己倒水，冬日阳光扑在脚上，阳台上有父母的小养殖园，菜叶随风晃，突然有咽泣的冲动。晨梦赤裸得不用解梦术也明了，无外生死悲苦，能否得人承认，理想价值几何……老问题。水杯反射的光线照在掌心，握不住也赶不开，如生命中的空镜头。

偶尔，我会拿手相开腔，胡扯一些套路，反正信不信由心不由你。某友人一段时间里真心信奉我，只为我偶然讲中了她的心事和隐秘（她甚至去寺里参拜也要问我该拜哪个方向）。偶然变作命运，是想象的威力，无关神的痛痒。

昨晚，我选了本香港饮食杂志做睡前读物，前提是先吃两块杂粮饼干、一碟瓜子、两串葡萄和一个莲雾做消夜。杂志里介绍的食肆大半去过，半小时后，这场滑稽的考验以我又去开了一包麻辣味锅巴告终。小时候（大学前都算小时候）看电影，主人公醒来，伴侣端着托盘送早点是非常浪漫的招数，长大后有幸体验却无福消受——已经习惯一爬起来就排泄的肠胃无论第一时间看见什么食物都不会感兴趣。

这么看来，童话式的示范常常变成冷笑话。

童年（这回是真的童年），当我知道没有圣诞老人时并不觉得遭受打击，反正从没收过什么圣诞礼物；可我在学校图书馆翻杂志见到美人鱼的原型海牛时……我真想杀了安徒生。

香港的库布里克书店重新装修后，一半面积拿来做简餐咖啡，书架虽然比从前开阔，但总感觉书不够多了，文具精品更多，看来实体书店难做，任谁也避免不了。没去过台北，好奇诚品是怎么做到越活越旺盛的？街上金店、服装店倒是开得欢，几近与便利店数目相当。买一套衣服足够买一百本书，是否书太便宜，所以大部分人才觉得衣服更有价值？广州方所有定制书房的服务，一面书墙价格多少？以我藏书经验看超不过两个“郭美美包”，但……价值几何？

茶餐厅里，饭菜下肚后血液都流去腹部，手脚倒是渐渐发凉。这时再看别人案上的肉鱼蛋羹，半点馋念都没有。新买的杂志摊开，看后句忘前句。楼下夜市才开始热闹，灯火更衬出街心公园的黑，隐约能见着长椅上三两影子摇曳，是等人还是发呆？没人催你回家？快餐店伙计也闲，可能新买了潮鞋，总低头盯着，水开了也不去拎。

茶又添一轮。

两个白领从楼下边聊边上来。

“你知道那女人多丑？”

“多丑？”

“吓得我穿越的心都有！”

也不知从何起，“吃货”不再是贬义词，反成了美女必备的素质之一。常见淑女们一面大叫减肥一面连塞五六餐视为等闲。女人果然是矛盾善变。

口腹之欲的威力有时强过生死。有人专门拍死囚刑前的那顿饭，印象深的是一大桶巧克力冰激凌，甜腻至极，真塞得下？南越王墓里曾发掘出陪葬的禾花雀，腌好了带去阴阳路，也许能少些对冥间的恐惧？听过最入骨的形容是位嗜吃榴梿的女子，她说那滋味“能让灵魂颤抖起来”。

美味和高潮一样，都不持久，无比灿烂，让人回味再三，妄想一次比一次强。

比起寻觅新去处，我倒喜欢去同样的食肆吃同样的东西，就像老情人，既有适度刺激，又能放心交出自己。

面前那桌，一男一女，男的应有四十八九岁，白人，运动衫，跑步鞋，老得刚好；女的将近三十岁，标准白领美女，精致干练，豹纹围巾，小狂野。两个人正玩对视游戏，女方输得多，不停竖目做严肃状又忍不住笑场，直到露出一脸忧伤才稳住阵脚。

年轻时，还年轻时，高中，也常做这游戏，不用互有爱意，平常同学关系就能凑在一起对眼神，当时都单纯，鲜有对上眼玩出火的。如今若有与陌生人玩这游戏的机会，估计平局机会更多。几十岁的人，谁内心没有几处愈合不上的疤？比拼起来，更像战场上勇士互相计算伤疤数量，受得起，才爱得下。

Chapter 16

窃听

◆◇

她才坐下，一股浓重的香水味散开糊住全场。

又一个不会喷香水的女孩子，我想。肯定是离家前才匆匆往身上洒，喷嘴靠得太近，香精变成淤泥堵住毛孔，可惜了本应有的层次。她穿橘红色高跟鞋，戴珍珠耳钉，透明的针织衫清晰勾画出胸衣轮廓，头发染黄，发根已有一大截黑色，双手叉着坐，估计挤出不短的事业线。

给她买咖啡的男人约莫四十七八岁，小肚子勒在皮带下方。

努力抓住他。我想象着她心里的对白。

接下来的流程果然没躲开惯例，男人开始讲述财产、过去、游历过的地方，各类小吃以及红酒好坏的区别，特别报道的是关于法国拉菲灌过水的传说。女孩不停摆弄马尾，更多香味扩散开。他们聊天的过程中，女孩几次把衣服扣起，那样他的眼神可以自如地在她身上游移了。

他说自己不信星座，却又开始分析她的星盘。女孩送上恭维，说他的眼神太冷，气场太强。他调整坐姿，用侧脸对她，声音愈发低沉磁性。他们谈了几个生活里共同认识的人，交换立场，以示双方三观相近。她说起自己毕业后去过的城市，我暗地里算出她的年龄。他戴的表跟我手边杂志上的一模一样。他们用同样的姿势把身体撑在桌上，话题又回到了天气。她提出去外面坐，他看一眼说外面没位置了。他提起自己的公司，接着突然要抽烟，她则怪他烟瘾太大，说男人少抽烟比较好。我看不见他的表情，但从他的笑声判断应该是受用的。

他在外面用最快的速度抽完那根烟，回来刚坐下，手机响，他接电话，一声“你好”后换成闽南语。

他出去外面讲电话，她也掏出手机：“还没，还在聊，还可以。嗯，是大了些。嗯，待会儿再找地方吧，好，好。”

Chapter 17

书柜里 书架上

电话响，朋友说刚搬完家，淘汰了几件家什，有床，有茶几，还有书柜。

“书柜你要吧？你肯定要。”

确实要。三十岁生日跟朋友索要的礼物独选书柜，二手市场买了俩，刚够把写字台、洗手间堆置的小说杂志塞进去。工作室有十一个书柜，家里还有属于我的四个。如果按曾四任英国首相的格莱斯顿（1809—1898）所著《论书及其安置》里的观点，书柜改成书架，全部侧面靠墙摆放，至少还能塞下双倍数目的二手书柜。只是那么弄怕楼板承受不了，现在大厅里已有几处凸起，也不知是被书柜压出来的还是年代太久楼板风湿发作。书柜遮盖了每一面墙皮，像给大厅穿上花布拼成的汗衫。博尔赫斯小时候把自己关在父亲的书房里，借此获得自由，既逃避现实社会，也躲过外界大孩子充满暴力因素的游戏挑战。而我则在工作室用书架做出属于自己的游乐园。园内藏有三千册图书和超过七千册杂志，可怜的是其中超过四分之一无处栖身，而且数字仍在进一步增加中。

2007 年，我第一次去巴黎搞漫画签售，住在翻译家，也去过另一位翻译家里做客，还有两个漫画家和出版社老板的自宅。每家都会在洗手间里造书架，翻译家的厕所甚至挤下超过五百本 16 开硬皮漫画书。我蹲在马桶上一边翻漫画一边感慨人家这儿天气真干燥，灰尘真少。我的书柜都有玻璃门，即便如此还是会有灰尘或猫毛钻进书籍之间。书柜里的书有一半是躺着摆的，这样一个书柜能当三个使。以前在外面租房，书躺着靠墙堆，从一根柱繁衍成几座山，有时想要找特定的书就得变身愚公。现在工作室的书是无章法地随意搁置，最多将同色系交错放。有位朋友是色系控，一惹她不高兴就威胁要坐高铁从广州过来整理书柜：你小心点！到时候红的一排、黑的一排、蓝的一排——想到那种便利店摆水果的效果图，我就头皮发紧连声求饶。我热爱自然的凌乱，不喜刻意整洁，所以会讨厌那本《佐藤可士和的超整理术》。个人怀疑他实为密集恐惧症患者，才会那么执迷收纳法，让书本文具通通搬去防空洞。藏书人多少都有炫耀心理，书柜书架就是舞台。你见过谁是把书装在箱子里收藏的？

有次我真把它变舞台。几年前我的第一次个展在台北举办，在把画作送去货运公司的前一天晚上，我在书柜上钉好钉子，把十五张成品挂起，搬出所有台灯打光，请画展的主要赞助人（就是我爹娘）来看预展。那天晚上，画作，书籍，我，猫，都不是主角，他们二老才是。

书架上除了书还有别的小摆设，比如几件比我年纪都大的陶瓷摆件，比如从香港买的电子蜡烛（充满电能闪上八个小时，可以假装自己身处中世纪），比如朋友从芬兰带回来的塑料小鸡。有段时间我把私房钱藏在女孩儿肯定不感兴趣的书(《武器屋》《怪物考：中世纪的幻想文化志》或《死亡大辞典》）里。几个铁皮柜子里除了上千本过期杂志外还藏着葡萄酒，贪它关门后温度恒定。书中有黄金，也有美酒、美元。书柜也藏过惊喜礼物，藏过私人日记。礼物送出去了，日记却找不着——忘记塞到哪本书下面了。

很多时候就是这样，特意藏起的总会无意忘记，特意送出去的不一定能打动芳心。

在书柜某处还藏有春宫图若干。原因并不是喜欢收藏风月物（真的啦），而是用于镇宅防火。中国古神话中有种讲法，说火神是位红衣仙女，见到情色之物会害羞躲避。所以旧时藏书阁多收春宫图用来防范火灾……以上是来自 4 号书柜的官方声明——拿我搭档的话说，真是什么龌龊事都能找到合适合理的解释，再次证明知识就是力量啊！

Chapter 18

吃窘

不知道北京的“五哥烤翅”还在不在，好几年前曾去吃过一回，坐下说：“来二十个。”伙计看我：“你们就两个人来二十？”“对，二十。十个变态辣，十个蜜糖。”“确定？”“确定。”我笑，二十个鸡翅还不够我一人吃呢，先试试味道。结果一上菜，二十个就是二十串，一串五个鸡中翅，二十串是一百个。伙计和厨师都站在门口围观。我们两个人往死里塞，也就干掉一半。同样的事儿还包括一次在四川吃法式西餐，点了六道菜的套餐，以为西餐分量少，结果是中餐手笔，没到上甜点就已经撑到嗓子眼，当下恨不得自己真是头牛，一张嘴配四个胃。

在饮食领域里犯错特别正常，可好像没人认为这算正常——吃饭时闹笑话比什么都窘迫。刚到南方时饭前不懂洗杯，倒了开水直接喝，被笑没文化。洗杯流程说法不一，有的把筷子勺子放杯里泡，有的拿住杯底往碗底扎猛子。我小时候还多添一样，不会使筷子。一位世交叔叔也不擅长用筷子，聚餐夹“狮子头”掉汤盆里的“事迹”被大伙儿笑了半辈子。我从一岁半开始自己用勺挖饭，直到上大学才开始正式练习拿筷子扒拉盒饭。可我使不标准，食指中指缠在一起，取食不是夹、提，是夹、挤、拎。

拿筷子的位置也靠后，靠后代表日后离家远游，但这说法在我身上不准。

在外用餐是极有风险的事，有名的餐厅要不真心好，要么曲高和寡、口味奇特，又或者靠着名头不用心，店大欺客。有回在杭州吃西湖醋鱼，据说是老店，人客也旺，可一试菜极难吃。开始还想问题是否出在自己身上，再吃两口，怒从胆边生，去他妈的，老子是吃饭来的又不是求虐！扔了筷子去旁边小巷子找牛肉店洗口。东西不好吃是一回事，不知道吃的是什么就更好玩。在成都，晚上消夜吃串串，店家问：“要脑花吗？”听不懂，以为是豆花，端上来一看两碗猪脑子！同去的女伴不敢吃，我也不敢。

可店家笑眯眯地看过来，我就硬着头皮吃了，其实味道绵密香辣，难看不难吃。在国内弄不清状况是轻敌，在国外是自找苦吃。第一次去法国图卢兹，下飞机住进酒店已是晚上八点半。按 *Lonely Planet* 所述，图卢兹地区的美食很有名，按索引找到餐馆，进去才发现语言不通。黑板上用法文写菜单，店主不懂英语，店外一位正用餐的西班牙光头帅哥进来帮忙，英语讲得和我一样烂。中途我还拿出纸笔想用画沟通，不知什么原因他们就是看不懂。最后稀里糊涂地点了蔬菜冷汤，小锅炖菜，出品都清淡无味，埋单 55 欧元，是赴欧最贵的一餐。

用餐糗事包括拉肚子，咀嚼时打喷嚏，订了位客人都不来，或者厨师用飞蝇菜虫给出品加料。但我自认最窘的是钱不够。这种事遇过两次，一次是新朋友，看完电影选餐厅，兜里放着当月最后五百积蓄。同行的 A 小姐在第一间门口看餐牌，我心算吃这家至少四百！刚想硬起头皮进去，A 小姐一把挽住我说："这些菜我都不喜欢，咱们换一家吧。"——真是义举！现在我们是固定的电影搭子和饭友。有回我问她当时是否感觉到我钱不够，她笑说："你知道我是真心不爱吃贵价菜呀。"

贵价菜造就一段友谊，也曾考验爱情。我在过第一个情人节之前，先去饭馆提前踩点，确认行车路线、餐厅环境、餐品质量和周围逛街指数。以为安排妥当，但那时我并不晓得在 2 月 14

日那天，情人节套餐的价格会直接翻两番！初恋本已计较完美，因为钱不够而让餐厅把自己和心仪多年的女神赶出去无异于世界末日。虽然我努力装出轻松的样子，也换去另一家不错的日本料理店……可那种沮丧整晚压制着我，直到用餐结束后她主动拉起我的手才告解除——恋人以幸福助我对抗羞辱，是最好的情人节礼物。

Chapter 19

背面

◆ ◇

胖子，吃什么，什么都吃，吃完身上冒出一层肉，开出一朵花，浮出一座座城池。

瘦子，吃过了，真的吃过了，可你一点儿也没胖都吃到哪里去了？你看，快看，瘦子走路的时候，身影里凸起一个个食物的倒影。

胖子要减肥，瘦子要增肥，哪个更让人同情？

情话就像呈堂证供。

你来，来，双手摆在头顶，脚张开，不是势必要你讲，但你讲的一切将会成为呈堂证供。

然后你肯定讲了。什么我永远爱你，我只爱你一个，你最美之类。

死啦死啦，哥哥你在这段感情里是不会有律师的呀！

乔纳森·艾维说，细节就是“去完成抽屉的背面”。

说得真好，说的真像侦探小说里的主要线索。

我和她每次碰面大概也就两个小时，聊天，说说工作、家人、宠物、孩子、天气、食物、空气、旧朋友，很少说各自的伴侣。很少说，不是不说，说了也没什么。最多的是，无所谓啦，是这样的啦，嗯，也是，还好，会好的。我们知道对方是不是过得好，只是，真的不好也做不了什么。无论是从前还是现在，我们都做不到微笑着凝视对方，不言不语，做不到啦。我们用家人、宠物、天气、食物、工作等话题填满这两个小时。

填得真满，满得我来不及说……

填得真满，满得来不及说想你，来不及说再见。

Chapter 20

失去的

//

◆◇

从前的人们把山川草木看得比自己重要。

于是——

那些山也就不是石头了，它们是巨人的肉体，是下凡神仙踏足之处。

树木不只是原料，枝叶化作精灵，绿色成为寄寓颂诗的种子。

河流不光是锅碗中的汤，还是龙蛇居住的村落，是会唱歌的酒。

草则拥有旅行的异能，随风而去，幻化成牛羊的乳汁进入人兽的身体。

现在看去，那个世界也许是愚昧的、野蛮的，但它同时也足够丰富、凶险。在那里会有神灵出入梦中，要求我们信奉，我们也就真的信奉了。

彼时我们活在童话里。

而今？

我们从出生开始坠入尘世，在产房中演出，在 iPad 上打滚。

Chapter 21 糯米鸡 //

◆ ◇

蒸汽 //

有个女朋友喜欢在书上画线，留批注，字体小巧，最后一笔总往上翘，像她平日挺起的骄傲细长的脖子。另一个女朋友喜欢撕杂志插页，凡是漂亮的图都剪下来贴墙上、柜子上、每间屋子的大门背后。还有一个女朋友在接吻时用手轻轻抚了一下我的左脸颊。

从没有人那样触碰过我的脸，所以到现在总会想起那个吻。

嘴唇的触感早就记不清，手指的温度却还黏在皮肤深处。

荷叶　//

柜子里藏着一封信。

信笺是责备某人某次小小的背叛。背叛也分大小？是的。有些事在某些时候、某种状态下也是可以原谅的。一次不忠，百次不用，说易行难，却是真理。人不可能两次踏进同一条河，却可能三次四次犯同一个错误。要心狠。心狠才能得到教训。

让你、让 ta 得到教训。

内胆　//

从几年前开始喝早茶只点普洱，贪它杀油，吃多少都不怕。点心要叫碟 XO 酱炒萝卜糕。以前只知道蒸的，后来在广州，亲戚请早茶，见大铁锅里翻炒着小块块，香脆辣，一试难忘记。凤爪也不能少，要有骨，没骨的嚼起来总有二手货的感觉。碟底的花生泡久了也是佐茶好货。有一次点了份古法糯米鸡，巴掌大，填满香菇、鸡肉、虾米，还有硕大一片脆皮烧猪腩，糯米绵软，不像高中时学校食堂卖的那种粒粒分明。当时还和朋友叹息说点多了点多了，一壶普洱下肚，又逼出几分残存食力。

早茶时要是遇见几样不同的点心就算赚了。最近常去香港莲香楼吃茶，点心推荐两样，猪润烧卖和棉花鸡。猪润就是猪肝，用猪肝包肉丸，算道“硬点心”。棉花鸡里的“棉花”是花胶，很入味，清爽浓郁兼具。一盅里除去香菇鸡肉外就那么几片“棉花”，得抢。我个人还独爱炸两肠。炸两就是油条，裹在肠粉里总会偏稀软，有两次吃到做得好的，外面顺滑，里面油条还是脆的，有种老人回忆青春的意境。

最后单讲一道中餐。

是在顺德吃到的，炸鱼子饼，高胆固醇，高热量，但真好吃。鱼子炸过后外层酥香，里面还透着腥气，居然激出“这些鱼子还活着”的想象力。一口炸鱼子，一口沙虫炖蛋，各种油脂冲击大脑，感觉收筷后就得爆血管了，痛快!

糯米鸡吃完，剩下一个空碟子。

在桌上。

Chapter 22

关于……

关于蜜蜂的三件事

那晚从七点多开始降温，风吹得清寒彻骨，我在咖啡馆里读书写字，接到朋友电话，听她长吁短叹。我走到室外，灯光下，有只蜜蜂干尸被风吹得滚过，伸脚踏住，它在鞋底与地板之间膨胀起来，钻进鞋里，在我的脚趾间飞舞、旋转。

这天阳光很强，在本年冬日中可排前三。

我骑车，停在十字路口，一只野蜂从后面追过来，绕着车头打转。

它是色盲吗？对准一身灰黑的我跳“8”字舞。

初中时被蜜蜂蜇过一次。尾后针扎在拇指上，我去弄，折了。

拿圆规在血肉里挖，遍寻不着那半截针刺。

我记起老妈讲故事，说小朋友打针不乖乱动弹，针头折了留在屁股里，顺血管流进心脏，死了。我想现在那只蜂刺也从拇指流去血液中，不知它什么时候到达终点？

所以这么多年我都喜欢待在寒冷的地方——低温能让血循环慢些，这样那根刺也会离我的心远一点儿。

关于墓地的两件事 //

20 世纪 90 年代，老妈在郊区投资了两块墓地。接下来的二十年里，墓地的收入用来支付家里所有电费、网费和一半小区管理费。

但我不认识那两处墓园的住户。

小刘庄的祖先们都葬在同一块地。拜祭前，我以为坟墓全是青砖造的大屋子，门前立满石雕神兽。那是我对坟墓的全部概念，就是游览过的十二皇陵，那年我七岁半。

所以，在见到一片大小不等的土疙瘩时，我突然理解了王侯与蚁民之间的差别。

关于口水的四件事 //

据说鬼怕口水。

据说早晨的第一口痰饱含元气。

据说饮人的“口水尾”会“听对方的话”。

据说口水里的细菌多数是有益的，可以拿来医治蚊虫叮咬。

关于她的一件事 //

除了她像一株月季花之外，无可奉告。

关于爱的另一件事 //

Even though I know you are not perfect, I still want you.（尽管我知道你并不完美，但我依然想要你。）

Chapter 23

夜车

车子停在对面街口，绿色小巴，指路的大叔强调，见到绿巴就上。那是好几年前，在香港，因为购物错过回罗湖口岸的轻铁，我提着两大袋子漫画书，坐最后一班地铁到深水埗搭通宵巴士去24小时通关的皇岗口岸。从地铁出来发现这条街没有路灯，漆黑中半空飘起几点亮光，仔细看，是手持电筒浏览地摊货品的市民——我走错出口，撞到传说中的鬼市。

因为时间和钱都不够，我压下购物欲，问一个摊主通宵巴士响边度（粤语，在哪儿）。

黑暗中那个模糊的轮廓朝对面晃了晃，我跌跌撞撞冲过去。马上发车的绿巴几近客满，只有车头位还空着，车里坐的全是金发人，有老有嫩，金发下吊着金链子，各色文身从衣领袖口蔓延出来。每个人都在讲话，讲马经，讲股指期数，讲水货出口。每句话前后都带着生殖器官名，挤满亲戚称谓。车开时，两个金发老头一前一后接电话，对白几乎一模一样。

“喂？啊？我？我在打牌！没有！没有返深圳！七线（粤语，神经病）！没有！别吵了！”

挂上电话，拨通另一个：“喂！对！我在车上，阵间（粤语，待会儿）返去，煮定消夜等我啊！没有！她不知的！没事！”

我忍着好奇不回头去看声音主人的样子。

车很快开上环山公路，速度极快，看不清路牌，两边都是山丘树林，不知身在何处。感觉像那次在青海，夜里十一点，五个人租车起程去下一个城市，据说是大城市，有麦当劳。年轻人都在睡觉，只有司机和坐副驾驶位的我清醒。出城没多久拐进荒野，司机含混地说要去拿点东西，我来不及发表意见，已经看见小院灯光。小土院，院前卧条黑土狗。当时脑子里瞬间闪过几个恶人围在屋里喝酒的画面（桌子板凳上插着刀），心想果真如此就只能拼命了。但满地沙土好像捡不到就手的石头……那涉险的心境在这晚绿色巴士上也存在：不知一车黑社会模样的老少爷们儿之间有没有牙齿印（粤语，过节）？是否分属不同堂口？有双花红棍（黑社会打手）吗？有毒虫吗？有马夫（粤语，皮条客）吗？还是……他们只是“深水埠金发协会”会员，是休假的货柜车司机？车房仔？流动小贩？

因为从未在晚上十一点后搭车回深圳，所以对路程长短无从判断。车灯晃过，一排铁皮棚在黑暗中闪出又即刻隐去，转过山弯，偶尔能窥见下方山道上疾驰的小车与路边士多店。士多店就是小卖店，青海那晚司机去的也是小卖店，就买了一包饼干和一瓶啤酒。我松开拳头，看他把啤酒塞在脚下，呦，还是个靠谱的司机嘛！车开到中途，大家下车小解，整个天幕像倒扣的碗，星河就在眼前，绵密得几乎不闪，如凝结的沙，像散落在火山口的雪。

“想象你是一道正在前进的光。”我靠在车门上对她说，“你从大犬座 VY 星过来需要四千九百年。从那里出发，遇见一个可以发现你存在的生物需要四千九百年。想象一道光的视角，每秒三十万公里的速度让你几乎什么都无法仔细感知，不断飞逝而过的星球、碎石、彗星都只是一个个小亮点，就像现在我们看到的一样……你知道我在说什么吗？”

后来我把这个细节画进故事里作为一场背叛的契机，男女主被黑车扔在荒野里，除了在一起，没有别的选择。现实中，那晚（包括回深圳的这晚）同车的人儿都有选择。

我们可以的，可以选择不同的路，不同的人生。

Chapter 24 电击疗法

◆ ◇

我的手机坏了，摔过压过进过水，侧面的按钮随时自行脱落，电池得时时充着，偶尔自动关机、自动消音。现在连游戏也中了蛊，每次打开文件夹，能玩的都不同。愤怒的小鸟、俄罗斯方块、砍水果这几项是最常崩溃的，植物大战僵尸成了常青树，偶尔搭配沙狐球或扔纸团。我想这才是智能机啊！随机游戏，日日新，最后还把使用者磨炼成全才。拿这事跟朋友聊，他说这不就是女人嘛！左一个主意，右一个念想。只可惜女人不能关机。另一个说这他妈就是我老板呀，天天真人上演神经病。我笑，说那叫精神病。

朋友发短信问：电影里为什么真爱总是走两步就遇见了呢？

我回：电影九十分钟，一辈子六十年得多少分钟啊！所以，耐性多重要！

似悲似喜，还喜亦悲。

赌徒谬误的经典案例：扔硬币，5次正面后，最接近“合理”的判断是，下一次应该是反面了！但事实上正反面的概率互相独立，每种情况都是50%。这种谬误积极的一面是让我们总相信时来运转。但最近我发现不少人已经突破了这种心理规律，变得无论如何都不再相信“下一段恋情是美好的，值得付出真心”。“害怕”是他们说得最多的心理状态。这种“爱后创伤症”暂时没有得到官方认证，也没有特效药。

民间药方是巧克力、酒精、运动（包括床上床下）、聊天。

找个备胎当药片是电击疗法。

从事咖啡业那两个礼拜里，我向店员重复最多的指示就是：“讲话小声点，至少不能比客人大声。”

如果拥有绝对权力，我会向客人下同样的指示。

贵人不顶重发，有理不在声高。人与人之间需要八十厘米的安全距离，也需要六十分贝以下的合理声浪。我总觉得一个人拥有的基本素质，第一条是适度。对人对己都以适度为基准，能少很多冲突不合。有些场合，比如苍蝇馆子，或者摇滚乐专场，多大声都不招人烦，可茶室、咖啡馆、小书店这种地方您还当自家客厅使，实在有很大一些不地道。

我不想列出一些声浪过强的城市，只会减少去那里的概率，就像主动避开一些唠叨的闲人和无趣话题。

朋友公干出差，要我帮她照顾三只仓鼠。

笼子塞在纸箱里送来，盖着布模拟夜晚。拿出后三位客人各有选择，一位躲到木屑下发抖，一位拼命想挤开笼门，一位在跑步机上狂奔。我特意把猫抱来看它们，期待激发一下各位的兽性本能。结果它们相安无事，彼此兴趣都不大。

朋友给我手套，警告说喂的时候得戴好，不然咬了会得狂犬病！口气像哄小孩，不吃萝卜以后眼珠会掉出来！我用两只彩色铅笔当筷子夹它们的饭盒出笼，哪只敢靠近就戳（滚粗）！它们估计被陌生环境吓坏，又或是太冷（工作室温度肯定没朋友家高），全都缩进地道里。

喂食过程顺利，但我提醒自己别掉以轻心，我可不想打第三次狂犬疫苗，据说打一次笨几分。

有天母亲问我明天想吃什么。明天周末，她没安排活动，可以用多点时间做饭。我说那就做炸丸子吧。小时候只有过节才吃得到，肉丸炸得酥脆，单吃配饭都超一流。她说那不如炸素丸子好了，你爸从超市买的素丸子还没吃完。我说好，心里却有点失望，同时又觉得正常，换了我也一定这么做。有些人对饮食是绝不敷衍的，我和母亲属于另一派，好可以，不好也行，不过是一顿饭。父亲要讲究些，要有肉，要有蒜，要有面和辣椒。还好，算容易满足。我和母亲不能妥协的是下饭的影片，至少剧本通畅、男女主角靓丽，或者香港新闻也行。父亲无所谓，有声响就一概专心致志。

今年过年，朋友送了一罐自家腌的泡菜，过年期间成了下饭的好伴侣。

我早就进入了“只靠泡菜也能完成一餐”的境地。

肉也行，粥也行，牵肠挂肚的永远不是食物。

Chapter 25

功夫

◆ ◇

小时候，我那个年代，男孩子的人生分成两个阶段——看《少林寺》前和看过《少林寺》后。

每个人都想做觉远，不然做师父也可以。我的梦想是找个牧羊女当老婆，听她唱歌，看她笑。

“不淫欲，汝能持否？”

我们一群毛孩子看着银幕上的觉远，心里大叫：“老子不持！”

以后每天都能看见有人在楼道里比武功打架，嘴里“哈哈哈”地呐喊，希望能在水泥地上踏出几个坑来。

班里开始分帮派，每人都要自创一门功夫立山头。

我曾经是北腿派的，后来又玩鹰爪功——其实就是把指甲留起来，比试的时候把对方手背抓出血就赢了。

凭着鹰爪功横行了一阵儿，又开始练龙拳，五指张开，比鹰爪只伸两个指头更有威力。因为看了《南拳王》，还练铁膝盖，找不到瓦片就往沙坑里跪，把手塞进沙子里磨，铁砂掌练成铁砂拳。

三年级，街上有人卖《少林罗汉拳秘籍》和《三十六路扫堂腿》，跟周导的《功夫》几乎一样情况，只是卖书人穿着素净，价格每本三毛（那时我一年零用加起来不到八毛）。

有朋友买了本《武当内家拳》，一册在手，不用练功立刻晋升至高手级别，轻易没人敢去挑战。

到南方后，同学普遍都比我大三到五岁，我是班里最矮小瘦弱的，于是收心养性，不敢言勇。

十二岁那年暑假，老爸做“掌门”的中学里来了位实习老师，武汉大学体育系毕业，因为无聊，他组织所有教师子女练散打。十来个十到十五岁的孩子，有男有女，每天早上起来在教学楼里开练。

“鞭腿五十下，踢过去，回来进攻腿六十下！来，开始！”

我们努力地踢过去，踹回来。

“打拳要会打组合拳，比如说一个直拳后加一个摆拳再带一个直拳。”

“那两个勾拳再加一个进攻腿呢？”

“也可以啊！最主要懂得活学活用！”

下午开始对练，面对比我高半头的美丽姐姐，下不了手。

“打我呀！”她焦急道，“不然我打你啦！”

“呀！”

好像打到软软的地方……

不知是否因为练拳的缘故，那个暑假我和老哥都长高十四厘米，胖了十来公斤，开学后靠身高体重就能吓住对手，学过的散打没有用武之地。

有个同学的哥哥跟我私交不错，聊天时我突然问他能不能跟我对练。

“好啊。”他说。他的体形只有我的一半。

我刚摆好架势，他突然一撑栏杆，飞脚踢我头。我没躲过，正要喊犯规，下巴又中了一拳。

“等一下！”我急了，“你怎么不摆姿势？”

“丢！打架就是打架，又不是拍电影！姿势摆完，人也死啦！”

上了实用主义教学的一课，从此不敢轻易招惹别人。

而这位哥哥在几个月后的某天晚上跟着一群小混混去游戏厅，被寻仇的人一棍子打到后脑，挂了。他弟弟想报仇，被他妈妈抱住不放……后来听说凶手跑去湖南避风头，再没回来。

江湖太凶险了。

老哥上大学后加入散打社团。

“我在里面是三号高手！”他自豪。

“那我去了不就是二号高手？”

“也许吧，你跟二号有得拼，但不是一个公斤级的。按公斤级别，你得跟一号打。”

“这样啊……”我说，“就让他多活几天吧！”

自从高一受了《灌篮高手》影响不踢足球改打篮球后，脚踝受伤无数次，韧带也拉伤过，有两年无法下蹲，屈膝用不到力，会坐到地上。

“怎么治疗？”我问老曹，他那会儿还是医学院的学生。

“就休养吧……”

休养一年半后，我不耐烦了（主要是打球的时候不能跳，光站在那里做追击炮），决定自己治疗——看电视学了几式太极拳，每天有空就自己比画。

“有效果吗？”搭档源姐问。

“应该有吧。死马当活马医了！”

半年后，韧带复原八成。

“估计就是休息太久了。”我分析道，“休养，不是休息。前段时间一直不敢动，其实要慢慢锻炼……”

“感谢功夫？”源姐笑。

“感谢功夫。”

Chapter 26

二一 //

◆◇

一个女孩牵着比她还巨大的金毛犬在咖啡馆前练习往返跑。

一个红裙女子站在厕所门口用力拍门，直到里间的回应声大到我也听得清楚：“口吾好再拍啦八婆！”

一个外国老头儿进来比画，意思是刚才我在这儿喝东西，现在手机不见了，小小的一个，不翻盖的。

没用，监视器看不见外面。他只好离开，见我看他，朝我耸肩：

“反正快到圣诞了，也是时候给自己选一份礼物了。”

一个生意人进来没有顺手带上门，外面所有的烟味儿都钻进来了。

一个等着上厕所的人因为低头沉思而被另一个人插队。他在门外恶狠狠地瞪着眼，好像能用目光穿过门板烤熟对方。

一张圣诞招牌被挂在空调口前，它的晃动频率与正在播的Jazz 正好合拍。

一首全新的歌出现在循环播放的 CD 中。

一本正在阅读的杂志缺了两页，故事里的主人公则少了大半个人生。

一群年轻妈妈抱着孩子进来，裙子一个比一个短，大腿一个比一个修长，像给健身中心做广告。

一个女孩正在试戴新耳环，却发现刚打的耳洞已经愈合。

一只飞虫落在上一行字的中间停顿良久，朝句号爬去。

一句书里的话："雨淋到生者与死者身上，妈妈，只不过死者有较好的雨伞。"我想把它改成"死者有看不见的雨伞"。

一首熟悉的歌，因为它，还有为了空茶杯加水，只有这两样事能让我把目光从书本上转移开。所以，猜猜今晚我听到几首老歌？

一个拾荒者在外面不停用纸巾擦嘴角，又不停地把纸巾扔掉，捡起，反复擦嘴。

Chapter 27

短途车与明信片

◆◇

自己当老板的好处就是你可以随时找个借口离开公司,上车,打开音乐，摇下窗，点烟，从乱糟糟的储物格里抽出墨镜戴好。电台里传出你绝不会想听第二遍的古怪音符，车子转个弯就上高速，你得寸进尺地又点一支（把明天的配额也抽掉）。记不得这是第几次骤然开始一次短游，好像如此一来能比醉酒更具逃离的效果，好像你正瞒着她去做某件危险又有趣的事。短游的效果是象征性的，自由也是象征性的。前方是你生生造就的秘密。

你把烟头弹向路边，差点打中停在树下的自行车。以前的那个她就很喜欢自行车，愿意十几天不洗澡、不换内衣在荒野里骑行。你当时也喜欢露营、野炊、夜里裹着毛毡等流星。是现在的她改变了你，让你喜欢上飞机、出租车和星级酒店套房。偶尔你会想起那次在甘肃，她找到一个可以玩滑沙的地方（爬上沙丘无趣，滑下的过程又太短），你那张娃娃脸让卖票的女孩儿不信眼前的男子已近三十。“打赌，拿身份证来，如果是 ×× 年就让你免费滑一次！”你把免费的机会让给她，自己站在沙丘上。这儿曾是你的家乡，对于她是旅行，对你是旧地重游。这里有什么好？荒凉、干燥，除了公路那头偶尔经过的货车外就只有沙子和太阳。但她一路尖叫兴奋，说：“你看你看，这儿除了沙子和太阳什么都没有！真干净！真纯粹！”你说：“现在我们经过的地方迟早也要变样，就像之前去过的丽江、拉萨，都会面目全非。”

“讨厌！”她朝你喊。你把下一句咽回去（旅行是需要冷酷心肠的呀，孩子）。

她从坡底向你爬过来，风很烫，沙砾在你们周围慢慢滚动。这儿的一切都是活的。她坐在你身旁，说：“知道吗，风神的名字叫飞廉，没人降得住它。后羿约它去树林决斗，飞廉在山林里飞不快，被抓住了。所以种树可以防风，才有了防风林的说法。”你笑着说：“好蠢的神。”“但飞廉也是音乐之神哦。”她揪你的脸，“你那么爱音乐，还不赶紧向飞廉大人道歉！”

总说想验证两个人合适与否就一起出去旅行，可也有人一起旅行合拍，安居却产生无数的分歧。就像你和那个她。你说那也没办法，在路上必须互相依偎，居家却要妥协忍耐。你在分手那晚找我聊天，给我一张明信片，说这是唯一不舍得封箱的纪念物，是她在滑沙场偷偷买下并寄给你的。明信片上写："嘿，我们坐在这个平均半径 6371 千米，质量为 5.9742 乘 1024 公斤的蓝色星球上，绕着太阳一圈圈地旋转，这也是一场旅行吧？但六十多亿人里，还没有第三个人意识到这一点呢。我很高兴有你陪着我。"

签名处有淡淡的唇印和一只手绘的小葫芦。

"她永远都记得住那么多典故和数据吗？"我问。

你耸肩，低头喝酒，轻声说："她记得所有事，唯独会忘记关于我的。"

而现在你却希望身边的她忘记你的事，把你忘了更好。她和儿子一样总有无数问题问你，而且你都必须马上回答。"你是男人呀，你不是要做主吗？那你说怎么办吧？"你现在变成过去的那个她，一个漏洞百出的万事通。你看着她和儿子一起唱《两只老虎》，中英文版本都有，一边唱一边手舞足蹈地比画，像两个疯子。这两个疯子到哪儿都唱同一首歌。两只老虎跑去中国的香港、澳门、厦门，泰国、法国和印尼的巴厘岛。她和儿子都喜欢海，愿意待在水里（真凉快），你却喜欢在岸上堆沙丘。

"这有什么好玩？"儿子问。

“沙子是活的。”

“爸爸，海里才有活的！”

五十公里大概开了四十分钟，那么快就到了。你关上电台，继续踩油门，漫无目的地向前才是年轻。人这一生就是一间不停撕换墙纸的屋子，童年贴月亮和星星，少年是香烟和流行歌手，中年换上斧头与花环，到了晚年……晚年不在你的经验范围内，就像超过五十公里后的一切也不在掌握之中。“这才好玩呀！”你对自己说，“那种提前订机票、订酒店、订游乐项目和自助早午餐的行程算得上旅行吗？”

你突然刹车，路边，右手边，一间小邮局。你在车上哈哈大笑，拍打方向盘。你下车走进邮局，在小窗口前塞进几张纸币，换回印着野花和蜜蜂的明信片。

“傻瓜。”你写道，“你知不知道……”傻瓜是你用来称呼历任女友的专用名词，这样就不会出现叫错名字的狗血剧情。“傻瓜。”当年那个她扒着你的胳膊问，“你会不会不要我？”你也这么回答她：“傻瓜，怎么可能？”结果最先放手的是她自己。她现在住纽约，读法律，开始学着驯服自己内心的老虎。

“你呢，你在做什么？”她在微信里问。

你回了一个笑脸符号：“我在赚钱养家呀。还记得……”

到最后你没有按下发送键。

记得什么呢？她不会记得的。

你看看表，还有一个半小时，过后你得跳上车往回开，手机里有清单，接儿子，买益力多，买水果，给姚总打电话追尾款。你在“你知不知道”后面写下“爸爸爱你”。结束了，你对自己说，从现在开始到儿子学校门口这段路上，你得好好想想怎么跟她解释来过这里。这个小镇已经曝光。也好，你自言自语，也好。

你对下一次短游充满了期待。

Chapter 28

醒了的梦

◆◇

初中时整个班级被编选成音乐班，分管乐和弦乐两组，我是管乐组。老师看着我们的嘴唇说："你们哥俩适合当小号手。"不知道真是由于两片厚唇给力，还是因为父亲是校长所以给个总算显眼的位置。总之，一群人每天一大早站成一排，在操场最北边鼓着腮帮子拉长音。相比枯坐教室早自习的其他同学来说，确实能让人生出微妙的优越感。

吹号最终教会我的，也许是举重若轻的概念：一开始都用力挤压嘴唇憋高音，练完个个唇壁留着牙印和血痕，等时间久了，嘴上有“劲”了，越放松，高音上得越容易，反而低音会变得难把握。小号的指法相比长笛和黑管实在不算复杂，我拿它另有用处——平时遇见暗恋的女孩，手指头动着1、2、3，注意力转移，紧张感也少几分，敢停下来打招呼。

能演出了，先是礼堂，后是操场，有点特别的是“送军”。走在大街上跟在军车后面吹吹打打，全镇的闲人都来捧场，小孩绕着队伍嬉闹，赶集似的。

老师是从中央军乐团请来的巴松手。巴松俗称大管，由班里最高大的两位同学背着演奏。老师姓赵，年过花甲，平时和蔼，排练时偶尔严厉，我们混得很熟。他的宿舍在半山腰上，离学校十分钟路程。假期训练时，三把小号一起对着山的方向吹集合调：3212355——他就下来了。

“一把小号等于十二把小提琴。”他说。

大约学了两个月，我已经可以吹高音到3上加两个点，排练间隙会试着玩些别的歌，例如《梁祝》。老师说要吹出小提琴的感觉。其实我最想练的是《斗牛曲》，认定那是小号独奏的华彩，但一直摸不出具体音节。我没耐心上乐理课，五线谱完全不懂，所有曲子都靠背，别的同学也差不多，不像弦乐那边，几乎全是女生，乐理一个比一个好，都会看谱子。

已经不太记得有过多少次演出，也许根本没有我记忆中的那么多。反正，我们学着在演出时偷偷放水（小号需不时排去管中的口水），用油保养乐器（当然每只号还是多少会生锈或碰凹），或去听别的乐团排练，对比自己负责的部分该如何演绎。我被安排做第一小号，负责一些独立部分，比如《国歌》中最后的高音或《骑兵进行曲》那一小段独奏。也不知从啥时起，我已经没了当作家或画家的念头，一心想把号练好，幻想日后托赵老师的关系去军乐团应聘小号手。我想象自己待在练习厅里一个人努力，也许一辈子无出头之日……（以十二岁来说想得还挺长远，有种幼稚的悲壮。）

然而，在那个学期结束时，老爸告诉我："下学期爸爸调动工作，你们哥俩也得转学，号就别练了。"

"哦。"

也没有特别难过，可能那些以音乐为职业的梦并没做得多深厚，所以醒得也容易——毕竟我还有另外两个梦，它们做得更久些。

久得到现在还没醒。

最后一次表演，是在新学校的小礼堂里，我和老哥一起表演《拿波里舞曲》。当时三个多月没练习，嘴上的功夫完全退化，这曲子是少数还能吹完整的。演出效果比不上训练时的一半，当然，下面的观众们并不失望，他们主要目的是看一对双胞胎在上面捣鼓平时没机会见到的乐器。

"两个一模一样的子子仔（粤语，双胞胎）哦！"

这就值回票价了。

现在我的工作室里还摆着一把号，管子锈住，排水管永远拧不开，按键倒还灵活。偶尔，我被楼下卖艺单调的二胡声激怒，会拎起来弄首磕磕绊绊的《在希望的田野上》顶回去。

有天在电影院怀旧单元看《海上钢琴师》，能让我哭出来的不是激动人心的钢琴斗牛或隔窗的一见钟情，而是那个胖胖小号手的独奏。在电影里他就过着当年我想象的音乐家生活，而且比我想象得更颓败，也更坚持。

Chapter 29

酒事

◆◇

认识一群酒友，他们一起喝酒超过三十年，多数身患酒疾，以痛风为主，两杯啤酒下肚第二天身上受刑般难过。有年春节其中一个从美国回来，说在那边买到治疗痛风的特效药，吃一颗尽解当天酒毒。大家惊呼世上居然还有此等神药！那赶紧凑局呀！碰杯前每人先从瓶里拿出蓝色胶囊咽下，片刻之间好像圣灵屈尊附体佛祖加持，个个脸上洋溢起安乐的微笑。据说那晚喝得格外欢畅，第二天早上疼醒，脚踝肿胀、关节生刺，连地都下不了！打电话问怎么回事，假美国人说："对不住了，兄弟们，药是假的，维生素丸，就是编个借口勾大伙儿一块送死。”哎呀你个扑街（粤语，由英文 poor guy 演化而来，意同贱人）！大家一轮臭骂后都蔫了，后面两个月全躺床上，顿顿青菜白粥，年关尽毁。

刚考上美院时发现全班五个男生居然只有我一个抽烟喝酒！其实我对烟酒皆无好感，只是当时幼稚地认定搞艺术就得拿得起酒杯、叼得住烟杆，无烟无酒算啥艺术生？活那么清醒是对青春的亵渎！次年赴青岛写生，我一人面对七条山东大汉轮番敬酒，心里万般委屈，觉得怎么能让宣传委员孤军奋战呢？往后两年，用各种方法把班长培养成烟不离手、酒喝得了两口的“好帮手”，连花名都从“杀手”改作“烟仔恒”。毕业前办谢师宴，名义上感恩，实际想讨好老师高抬贵手让大伙儿都能拿到毕业证。班上其他人也被迫上席举杯，接力赛般进洗手间扣喉，吐完回去继续喝。

毕业后出去谈项目，因为年纪小，总要先饮为敬，遇见老酒鬼见我根本不懂酒也不会喝，同情之下教小伙子怎么逃酒：可以喝完后假装擦嘴吐毛巾里，端起茶杯吐茶水里，一扬脖豪迈间把酒往身后泼（越听越希望能学会绝世武功用内力把酒从脚底逼出去）。实在躲不过，先喝一杯牛奶再上桌，如果喝白的，灌下后赶紧哈气，促进酒精挥发……直到二十七岁那年，我体检查出嘌呤值超标（也就是患上痛风）才算真正解脱，从此杜绝烟酒，连带海鲜、牛羊肉、火锅、豆制品都要少吃！再有酒局，只要把“痛风”这块免死金牌亮出来，同桌的老酒鬼们马上深表同情遗憾，话题自动转去养生领域，该吃什么菜该喝什么茶，如何预防，如何观测——哎，你从小便就看得出来，尿在坑里起的泡沫子越多，证明尿酸越高嘛！

有朋友自己开家小公司做酒生意，每回去她家就两项活动：品酒吃菜，开台搓麻。常常饭还没好，五六瓶酒已经一字排开，白葡、气泡、红酒俱全。大家逐个试，最受欢迎的往往是中档价位。不是越贵越好，她说，适合更重要。深感认同。我不喜欢单宁酸太重的，如果白葡和红酒争艳，选白的，独选则只爱气泡。由此慢慢开始喜欢在聚会时喝点葡萄酒，但不干杯，不劝酒，随意就好。我最不喜醉酒，或在酒桌上玩真心话大冒险，输了跑去隔壁桌找人索吻当众放歌。闹不动了。酒是拿来助谈兴的，不是撒泼妄语提高荷尔蒙浓度的借口。理想中的酒局人数可以少，一瓶白葡、一瓶干红，讲八卦，看手机照片，够丰富了。人生最难得的是适度。年轻时认同“痛不要紧，痛快才重要”，现在只求不痛不痒。

有次和外甥女吃饭，几个大人开瓶白葡，也让她尝半杯。倒好后教她怎么看挂杯度，怎么分辨单宁酸。其他大人笑我卖弄，我说不为别的，只求这孩子再过几年踏入社会不被那些老男人的所谓“阅历”迷惑。老说女孩儿要富养，不是从小锦衣玉食、娇气柔弱，而是让她尽量增广见识，不随便，不妄自菲薄，不轻易上当。

Chapter 30

苏杭行 //

◆◇

在杭州住的旅社有一小院，选了芭蕉遮顶的角落，正对山墙，各种植被爬满半壁，从中有鸟雀嬉闹，山腰是另一栋小房的后墙，画中留白。旅社养着两只慵懒的印度猫，脾气不错，任君蹂躏。有风来时，整个院落都闹动静，听着不像枝条摩擦，倒似瓦片、青苔、木材、露水在重新排列组合交换属性。

墙壁应是刷过好几轮，墙皮脱落，隐约可见前人留的字迹，还有现代人写的 QQ 号码。几只马蜂在芭蕉顶争夺一朵花的归属。

有蚂蚁爬上书，我停下笔，把注意力放回面前的小说长卷上。

1998 年我曾到杭州写生，记忆中尽是白墙小院，拐弯就到西湖边。十来年过去，高楼越来越多，特别是从机场往市区路上，感觉像去任何一个城市，比如武汉、成都、广州、昆明，就是不像记忆中的杭州。等到旅社附近，能看到小吃店，白墙灰瓦，穿睡衣上街的年轻人……终于有点江南之象。长叹后，我告诉自己不应有失望，物是人非才是人间常态。

从鼓楼打车去国美象山校区，下车走了十几分钟从北门进入。一开始只敢在楼外拍照，后来想想自己也是美院毕业，仗着一张看起来仍像学生（或者研究生）的老脸，钻去楼中取景。王澍的设计确实独到，中国气质与现代气息结合得不错，楼道四通八达，在其中穿梭如在梦中迷路。

因为它的设计，我突然觉得能在这样的环境里当个大学老师也是不错的选择。

苏州给我的感觉更商业，晚上绕着酒店逛，心里烦——就像当年去丽江，所有店铺都一样，卖的商品也一样，无趣。也许我的样子看起来太像外地人，不停有面目可疑的摩托仔凑过来问要不要叫小姐，要不要看脱衣舞，不胜其烦。回旅馆后有些后悔，心想是否应该一直待在杭州把另一半西湖也绕完。

好在第二天往远走，平江路一带，反转印象：这才是记忆中的苏州小巷。

写这段文字时，我正坐在迎晓里尽头的小桥桥墩上——去啥咖啡馆呀，虽然附近咖啡馆众多，但桥在水上，不时有居民穿梭，有的还能给我一个带笑的凝视。河道边的树上挂着红果，河水混浊，过堂风起，微有腥味，仔细看，水里真有鱼。我边读小说边在纸上零散记述。二楼传来诵经声，时间是下午一时四十九分，刚在小张饭店里吃了碟番茄炒蛋。味道不算惊艳，用料新鲜，炒得平实，像我厨艺巅峰时的出品。小店就开在巷子里，屋内各种物件老旧，倒也干净。一个模糊的身影坐在里面吃粥，见我进去，赶紧放了碗迎出。店里母猫刚下了四只崽子，死了一只，另外三只小奶猫到处乱爬。

饭好，我和小张同时起筷进膳，问他生意如何，说开了三年，马马虎虎。

眼前的文字告一段落，我抬头，百余米外能见到另一座石桥，有个女孩儿正朝我的方向拍照。朝她挥手，估计被吓到，疾步离开。这个距离，大家还是能分辨出熟悉或陌生，也许百来年前，哪个书生和哪户人家的闺女就这样隔桥示意，私订终身。

那时河上不会垂着这么多根电线。

老城巷里总有东西挂在头顶，衣物或等候晒干的菜蔬。广东人认为如果从内裤下经过会倒霉三年，所以一路上尽量留意头顶。

我年纪大了，耗不起这三年。

然后，还是在桥上写字的时候，眼前经过一个提菜的老妇人，穿绸缎衣裤，迎风过桥，那一刻觉得她好美。然后想，这就是她的日常生活，于她是平常事。她与我母亲年纪相若，母亲买菜时也是这样走在石屎森林中，那境况也会很美。

也许在停笔看她的那一瞬，我真正开始想家了。

Chapter 31

下脚料

◆◇

1.

生蚝放在堆满冰块的托盘里，雾气蒸腾间不知真生还是假死。偷偷咬下去，一股混沌的海腥气，还是得囫囵吞，凉，满嗓子番茄酱味儿。下一只试试不蘸酱料，也没什么特别，只觉一团团溜过食道，胃里慢慢发沉。

生蚝催情，一块儿吃的人却彼此不动情。我和她是老同学，十几年断续聚餐，话题从学校八卦成长到相亲指南。几年前还帮她写情书——哎呀你写小说的嘛，她在 MSN 上发各种可怜表情，回头请你吃大餐。

一时贪玩写了，效果堪比催情药，她打电话来报告进展，听得我一面得意，一面又有点恶心。

2. / /

下午剁二两肉末，加盐加料酒加老抽腌上，晚饭前却接通知另有活动安排。出去忙活一夜，回来倒头睡，临近中午才醒。洗漱时方记得那碗备料，闻，不香不臭，落油炸了，托块山水豆腐在掌心，下刀分成数十个小方块添去锅里，小火焖到沸汤，装盘（心说如果难吃就叫外卖）。

试吃，哇，好味到爆！差点喜极而泣。

对笨厨子来说这是意外相逢的好味道。

3. / /

第一次给心上人做菜，做的也是自己爱吃的，烧豆腐、土豆丝，还有个肉片菜……反正把自己喜欢的给对方就是了，没了解她口味如何，吃什么，不吃什么。那时爱和手艺一样青涩，味觉更自私。要好久以后，分了几次手以后，才学得会换位思考。

有朋友说，能不能过到一块，先看能不能吃到一起。

人吃得出食物里包含多少厨师功力，是食客与掌勺之间都愿意寻找心意相通。

又或者饭资太贵，吃不出好坏也得说好。

4. //

过年时跑去乡下看“僵狮子”，就是把鞭炮扔到舞狮人脚下，舞狮人不能跑，原地立住，好像狮子被焰火炸僵在那里。舞僵狮子的人都喝过酒，或者真有功夫通着神灵，那么炸法不晕不逃。小广场里堆满成箱的炮仗烟火，可惜大白天放，只见火星不见烟花。

那天一路回去，耳朵嗡嗡响。

从乡下带回山猪肉和自制腊肠，腊肠要放油，挂在阳台外面拿牙签戳肠衣，下面铺上木板报纸，油滴板上，积累出几团晶莹。

出太阳后，腊肠就被开了光，通体渗着金珠子，没吃先闻到香。

5. //

在被防腐剂吓出后遗症之前，家里总备有几包方便面，夜深开一包，夸张点打个鸡蛋加根火腿肠，挑部不烧脑的电影佐餐，就是享乐了。曾专门去某实体店吃上百元一碗的奢华版方便面，也没觉得多惊艳，不过是汤头浓郁，多几块牛肉。心说不如同等价格切几斤牛腱好过！

方便面就是要方便廉价才安慰人心,硬上台面反而自降三级。

平凡没什么不好，甚至更好。

6． / /

街边食摊从小家里是不让碰的，说脏。三岁左右，偶尔在火车站附近吃碗豆腐脑，居然惹上甲型肝炎。治疗过程不记得了，听说打吊针前总会清唱《走在乡间的小路上》。

这教训直到我二十一岁才被打破。

那年到西安上学，熟人来接，下车不回家先进夜市。还未入座，叔叔喊："老板！一百串羊肉！两个孜然夹馍！两瓶汉斯！来歇！"听见一百串吓一跳，想这要多大一团肉呀！那会儿西安羊肉串两毛一串，肉也就指甲盖儿大小，一百串其实不多。环境嘛，吃不吃到处也都是土，入乡随俗。

当时我读西美分院，分院一年学费八千。大三回本院上课，学费变成四千零四十，全班十二人，个个口袋里多出近四十张红票票！于是两个月间日日聚餐，什么都吃，不贵不吃，不夜不食。跑去夜市都敢喊来一百串羊肉，五十串板筋。现在想想不可思议，点多少都塞得下。

年轻人呀，肠子里常住着几只嗷嗷待哺的小怪兽，三十岁之后就跑到别的年轻人身上去了。

7. //

Couscous（库斯库斯）是北非食品，小麦与炖肉或者炖蔬菜一起食用，吃过两次，一次在巴黎，一次在普罗旺斯。也说不上多喜欢，但这是“饭”呀！小米（我总觉得是小米，其实是小麦）也是饭。虽然法棍无敌于面包界，也不排斥比萨、意面、三明治，可吃惯米的肠胃总需要满足。

还是在国外，跑去芬兰，找了间广东人开的超市，一进门就听到粤语电台嬉笑怒骂，无比亲切！搞好材料回去，看老哥弄碗什锦炒饭配猪脚，心情畅快了。

人离乡，嘴可离不了乡，到哪儿都得“就是这个味儿”。

讲是这么讲，出去了还是愿意试点新东西，哪怕吃到比抹了大便的脏袜子还臭的芝士，或者酸冷涩苦的犹太冷盘，都是经验，说不定也会变成乐趣。那种出了国只吃方便面的就悲催了。现在是好时代，我老爸小时候饿惨了，现在出游只要吃饱，有肉、有汤就心满意足，不愿试新东西。我母亲是小时条件太好，整桶螃蟹当饭吃，嘴太刁，吃什么都没关系，多跑几个地方多看看是最大目的。其实要我说，在这个应有基本尽有的年代里，一不要浪费，二不要只求吃。吃了，要化成脑子，不然什么好东西到最后不都是米田共了？

8．　//

一直以为比萨就是厚面饼，以前在超市买，油汪汪地腻，廉价芝士配上绿蚕豆、蘑菇片和红色腊肠，依然寡淡无味。但少年人不怕油，塞饱就好。后来吃必胜客，惊为天人！再试帕帕琼斯，还能拼贴两到四种不同口味！神了！而且小辣椒真入味，每次能把店里存货都干没了。

直到有朋友去意大利留学，回来说原来正宗比萨是薄底的，最好只放土豆片，香死人！

在法国签售结束后，出版社老板小潘带我和同行的漫画家吉安去一家老牌意大利比萨店，一人一个 14 英寸薄底，厚厚一层三文鱼、吞拿鱼，加上辣椒油，好吃！吃那么多，罪过……

有天遇见一普罗旺斯小伙儿跑来深圳开比萨店。我说最近上火，不吃带芝士的，他推荐银鱼比萨，9 英寸薄底，只用番茄酱和小银鱼，特别顺口。再去必点。

有人说比萨就是鬼佬大饼，有什么好吃的？我不认可这种说法，那大饼就是没馅的比萨，老外照样伸大拇指。

人得看得起别人，才衬得起自个儿。

9. / /

香港上环瑞记是我必去之地，坐下点了例牌冻奶茶，用汽水瓶装着送来，古法西多（古早式做法的西多士），裹蛋液煎，鸡蛋带土腥味，那味道能勾肠胃中的馋虫。同去的朋友连吃两份，我都替他腻。这里的奶茶优点是均衡，茶味、奶味、甜味没哪项强出头，浑然一体。

朋友女友问：“上次我们吃虾子面那地方也有这瓶子，怎么看起来小一些？”

我笑：“这不可能，都一样大哟。”

好的食物真能蒙人心神!

本意只想吃个早午餐，可朋友吃痛快了，再添碗牛肉出前一丁。

女孩大叫：“还有下一顿呢！”

面上来，问味道如何，说好吃，Q！

能这么弹牙是因用小口锅煮，煮出锅气火候，过冷水，热胀冷缩，能带出油炸劲儿，当然会Q一点儿。

以前吃方便面当午餐，一次下四包，面一堆积就不好吃了。方便面就得量少，量一少，感觉金贵。小时候母亲做菜从来不过量，当时物质不丰，菜品少，但两兄弟照样抢得欢实。那菜里放的不是鸡精，是“物以稀为贵大料包”。

10. //

搭档好吃纯巧克力，越苦越爱——能从苦里吃出甜来，难怪她能坚持跟我清苦创业十余年。

无论咖啡、牛奶还是巧克力，我都吃带甜味儿的，太苦像吃药。以前独沽酒心巧克力，现在觉得榛果也不错。几年前在法国签售交朋友，聊天时他说法国的画材真心贵，一支铅笔合人民币二十多块！没见过美工笔，没用过云尺，可怜！于是回国后寄了包工具过去，他回礼，包裹中除了家人照片和短信一封外，还有五六种巧克力。榛果就是那时爱上的，碎果仁混上葡萄干，炸在舌尖牙床，感觉美好的事情变花样儿来，怪不得人人都拿它医情伤。

11. //

在香港，正在旧楼里为画作取景，边门打开，出来一位说普通话的老人。问他哪里来的，武汉，哎呀，巧，同去的朋友也是武汉伢。聊天先讲三鲜豆皮、热干面，是真的武汉人，但落在香港几十年，乡音早就改了，乡味儿也忘得差不多了。

朋友离开时说："真应该要了地址，回头带些什么给他。"

我耸肩："看缘分吧。这唐楼过五十楼龄，不知什么时候就得拆了。"

回程车上乱想，嗯，也许当晚，老人会梦见热干面和三鲜豆皮，半夜醒了，闹心挠肺，嘴里发苦，赶紧沏杯茶。然后呢？然后第二天，也不过是自己跑去茶楼一盅两件，肯定没心思到处找鄂菜馆。

关于味道，日子会说服舌头。

Chapter 32

刀刃之上 //

◆◇

有段时间，包括现在也是，大部分航空公司都把广告的重心放在宽敞座位和丰富的飞机餐上：脚可以伸直，座位中间能收起把手方便恋人互挽手臂，各国美食任君选择，烧烤寿司海鲜拼盘据说都能供应。但据研究，一旦飞机到达 3.5 万英尺的巡航高度，机舱内因为避免腐蚀风险，将湿度水平设置得很低，加上气压变化，我们不光变得口干舌燥，更重要的是味蕾会麻痹并消失。这也是为什么飞机上进餐前后要喝饮料，因为饮料，特别是重口味的饮料能刺激味蕾，让餐点显得不那么乏味。

加西亚·马尔克斯在谈到他如何让《百年孤独》中那些奇幻情节使人信服时表明，他的秘诀就是加入具体的细节，比如你说一头大象在天上飞没人信，说四百二十头大象就能增加可信度。但看过《别对我撒谎》的都知道，说谎的人会提供过于详细的细节掩饰假象。

这类谬论现象还有很多，比如在电子游戏里，将狙击枪的十字准星对准小人的脑袋就能爆头，现实中却要提高枪口，因为子弹出枪膛后是往下落的。又比如，日本历史剧中的战争场面，步兵们用两米多长的矛互相刺来刺去，真实对战场面却是扛着枪杆举高往下甩，砸穿头盔就赢了，拍摄互刺场面是因为好看——瞧，号称严谨的日本人也会玩弄形式主义。

读《在黑暗中醒来》时，提到电影《白日美人》里，客人曾向凯瑟琳·德纳芙展示一个精美的盒子，并说在接下来的一小时里愿意与她共用盒子里的东西。凯瑟琳·德纳芙拒绝了，而影片从始至终都没有展示盒子里的东西是什么。

影片还是20世纪看的，早忘记这情节，被书一提，立刻觉得牛死了——现在很少剧作者愿意写这种留白的情节，总说不给答案，观众看不懂。

可任它什么答案，都不如想象来得惊人。

以前有个契机跑去某大学给戏剧写作系讲了两节观影课，主题是电影中的细节。第一节课放《七宗罪》，印象最深的一个细节是费里曼和彼特在客厅里讨论案情，彼特问费里曼要不要酒，费里曼说要红酒。

当时在课上，我说这表明老侦探比年轻人更有品位，现在想来，应该更深一层是表现“异类”。

整个影片其实是几种异类在一起的故事：从高中就在一起的恩爱小情侣，对比不婚不爱的暮年老人；两个警察，年轻的要上位、冲动、不妥协，跑去一个肮脏的城市寻求刺激，而老警察一直说要离开这个城市。再参考影片开始老警官的旧搭档对他的各种不满，他们俩应该都属于同事眼中的异类。

至于史派西扮演的杀手，他对整个社会来说就是个异类，而整个社会对他来说也是异常的，需要改造的。

再看两个人喝的酒，彼特喝啤酒，不单是年轻，也表明他粗糙的世界观；费里曼品红酒，暗示老人的醇厚、讲究。而白人和黑人在种族歧视的范畴里，应该白人有品位，黑人更粗鄙，这里却用酒的设置给了相反的感觉，顺理成章又感觉奇特，还是在营造异类感。

写到这里，真想时光倒流回到讲台上，我应该可以讲得再好些。

另外，细数最近十来年的失眠，八成都是由翻看旧照片开始的。

去“锯扒”（粤语，吃牛排），土耳其店，开在食街尽头，店外看灯火昏暗萧条，进去却人头汹涌。土耳其卷饼套餐 45 块，与巴黎价格相若。还是选 T 骨牛排，质量有保障，要八成熟，配黑椒汁。

餐厅的特色之一是每张桌上都铺上白纸，提供彩色蜡笔，等餐时写写画画促进肠胃蠕动，也能让孩子们安静些。我和朋友谈项目，正好在上面画平面示意图，顺手也勾几个客人速写。牛排好吃，满嘴全是脂肪的香气。饭后如厕，尿斗上方挂着某国外杂志颁发的证书，评此餐厅为深圳五十佳之一。看了好笑，真是浑不吝的鬼佬做派，这东西应该挂门口才对吧？

荷兰人打算在 2013 年铺设一条用来发电的太阳能公路，因为在荷兰，公路面积是房屋面积的两倍。中国应该也发展这类能源产业才对，别整天想着挖煤弄矿。最近与几个做企业的朋友聊，讲到艺术社区，彼此都没概念，纠结回报率，害怕赚不到钱，害怕体现不了“文化”的价值。思维模式这东西，谁也说服不了谁。

咖啡馆里，有个女孩儿突然崩溃了，哭，一遍遍重复“他为什么不爱我，他为什么不爱我为什么不爱我……”

就像每个人年轻时都会遇见或成为一次人渣，每个人也应该陷入一次这种“求不得苦”，然后学会爱人先懂自己。

Chapter 33

冷笑话 //

◆◇

暗恋者到最后都会变成考古学家，却没意识到自己也算是故事的一部分。

至于回忆，是最天然的 PS，让你把脑中片段幻化成想要的版本，或者更美，或者更糟。

让人无力的故事，是讲一个人如何屈服于生活、欲望、自卑、恐惧之下。

无聊创造了大多数东西，包括大多数麻烦，还有小部分去死一死的青年。

我跟不少朋友讲过那个夜晚，在没有灯的乡下，小溪边摆桌切西瓜吃，黑暗里有十来条土狗在凳脚边出没。谁的打火机一亮，能看见腿边，周围，那些长了皮癣的脊背，像浮在水上的鲨鱼。这时不能怕，狗是能听人心跳声的，心跳一变，就知道你是怕它还是它该怕你。

以静制动，可用在很多方面。

最糟糕的是，他/她才不爱你呢，只是拿你去报复她/他。你是一块在路边捡起的大小重量都很合手的石头。

我们总是自以为是，以为别人会立刻爱上自己，以为别人会更需要我们。

哈！哈！

哈！

Chapter 34 文青梦

那个年代出生的本地孩子都含着金钥匙落地，脚头好（粤语，运气好）。生下来，政府征地，他家两片荔枝林各赔七百万！那可是20世纪90年代的事。不久以后村里集资建厂房搞股份公司，他老爹投进一半身家做了董事兼总经理，赚起钱来莫名其妙地顺。因为我父母是老师，总经理觉得让两家小孩做朋友能给家里多沾点书卷气，儿子长大后不至于像同村子弟那般领了分红吃喝嫖赌不干正事。可总经理没算到校长仔不是读书的料子，擅长画画抚琴，对着漂亮女生心生花花肠子。他儿子跟着一起读小说看电影，书没念好，心比天高，初中毕业不够，高中毕业还不行，一定要考大学。大学没考上，挤进大专学酒店管理。家人去看他，进宿舍，四个男生每人床下一张小书桌，堆着萝卜、土豆、冬瓜、茄子，四个人正挥刀斩件。他解释厨艺是必修课，以后管理酒店有用，做老子的却觉得面上无光，认为花几万学费让儿子当厨房佬，不值。等他毕业，他爹早早安排他在村办公室做事，他却说要出国读研。做老子的急死了，说："你妹妹都找到婆家了！你个做大佬的却还是单身寡佬一只，没鬼用！"

他说服不了父亲，来找我诉苦。问他想做什么，他说："要学建筑。这样你读环境艺术，我做建筑。以后我盖房子，你搞装修，两兄弟合作赚大钱，天下无敌！"我笑说："我都做了六年专业漫画人啦，设计只是读来混文凭的。"心里另一番话没说出口——大哥，就凭你那数学成绩和单词量不过五百的烂英语，怎么读建筑？

可有念想就有回响，不知怎的他还真申请到英国一家排名后五百强的大学，读商科，前半年过语言关，后一年半写论文。英国留学费用是最贵的，他找父亲谈判，说："要么你借我二十万去读书，要么我自己去北京闯，那你就得再等十年才能抱孙子！"（商科还没念，先学会谈判了。）无奈之下，董事长（老头又升职了，逢人就说外孙好带契）真扔二十万现金给他，说你记得要有口齿（粤语，信用）！

他跑去两年没回来。第一年打国际长途给我，说终于见到雪了！好冻啊！好靓啊！问他学业如何，说难死了，老师上课超过九成听不明，现在字典离不了身，也泡不到妞儿。钱少，哪儿都去不了，早知就找老爹多借二十万了！又说只要有国内来新生，一城的雄性中国留学生都去接机，女孩儿无论美丑，才踏上大英帝国的领土马上有人追。他嘴巴笨，个子矮，只能守着电脑上的QQ聊天室。“你都不知我班上那帮二世祖（粤语，富二代）几有米！花两万块包间餐厅吃饭，哪有妞儿不动心的！”我笑他：“你自己也算二世祖好不好！但你不乱花家里钱，是个有梦想的二世祖！”我拿安藤忠雄的故事激励他：“有志者事竟成，你正身处建筑实体的海洋，又有第一手资料，自学啊！你看我还不是读着设计画漫画。”他没接话，说自己刚开始学吉他，让我等着。他在电话那头取了琴过来弹奏，吼了半首《海阔天空》。第二年，他在电话里说刚遇见几个光头党，被追了九条街！现在出门没个伴太可怕了！问他去干吗，他说终于敢看无字幕的鬼佬片，连蒙带猜大概听懂，反正不是你F我就是我F你。他说：“同宿舍的孩子疯了，花光积蓄买进四十多台二手电脑堆在公寓里，每天什么也不做，不吃不喝。明天那孩子他妈妈过来接儿子回去。你要是能过来就好了，我现在很挂住屋企（粤语，想家），可我不甘心你明不明？我都过第二个本命年生日了……对了，我刚买好去法国的机票，怕将来回国就出不来了……哎，你吉他练得怎样了？

我现在还是弄不好大横杠……”

选择去法国是对的，等他回国，生活赶紧按下快进键，不到一年时间，相亲、恋爱、生子、摆喜酒、开公司。再一年，公司倒闭，他找母亲拿了十来万跟朋友倒腾红酒，说还要赚钱还他老爹那二十万。公司开张十个月，第一批红酒还在公海上漂着。有天，他找我喝茶，说他老爹要他回村公司帮手，问我该不该回去。他胖了十五公斤，眼睛被横肉挤成缝，不停点烟，咳嗽。我说如果没什么好做的，回去帮手也行。我没透漏他母亲连续几年打电话让我劝她儿子生性点，稳定下来接董事长的班。以前我都以“他有自己的想法”为由替他挡，可现在我直觉时候到了。《梦醒时分》唱“你说你爱了不该爱的人”，我倒觉得可以一改，“你说你做了不愿醒的梦”。可梦总是要醒的，也别怕，谁说梦只能做一次？

最近一次再见，他瘦了，一进工作室就去抓吉他，说：“老婆怀上第二个仔，为了小孩上学在填海区买房子，一套七百万，肉赤（粤语，心疼）呀。但没法子，旁边就是外语学校，以后可以直接出国读高中。这个仔我要自己带，大仔被我老婆老母惯坏了，脾气太大不听教！房子也要自己装修，请假都得自己搞！哎，你实有（粤语，肯定有）什么室内设计的书，借我参考一下！”

Chapter 35

放马归山 //

◆◇

放马 //

第一次骑马是在十岁。离开西安前最后一次爬骊山，快到山顶的开阔地上，披了红布的马和憨笑的马夫挡在路口揽生意。坐上去只记得摇晃，晃呀晃呀几分钟就落地了。

再骑已是二十年后，青海藏族聚居区，家庭旅馆里的藏族孩子一点儿也不单纯，见我带了口琴，要去吹，竟不想还我。坐上马才觉得马匹真高，自个儿真沉。那马总要低头吃草，手里缰绳三分钟一松，让它吃，吃两口拉回来，脚后跟敲肚皮，走，走。

牧场用铁丝网隔出不同范围，山坡尽头是另一家的马，马上也有客，那马一样在啃草，看样子怎么都不愿走。

父亲曾说过刘家祖上是鲜卑人，所以眼睛颜色偏淡，骨子里能骑善舞。到我这一代，善舞的基因怕是已经消亡，能骑……嗯，不管有没有，都告诉自己确是如此，至少不能怕。猫狗能听人心跳判断强弱势，也许马也可以。马的智力比狗还高呢。我对胯下坐骑也算恩威并施了吧？让你吃就吃，不让吃怎么也不妥协。马脖子上的肌肉等于成年男子一身肌肉的总和，斗力是绝对斗不过的。绳子一勒，马嘴巴很敏感，缰绳勒的是马嚼子，进而勒马嘴，另外脚踢肚子也是真疼，但要少踢，万一它发起火来……不敢想。

爬到山顶再往下走，我用全身暗劲撑着马鞍，总感觉随时会连人带马滚下坡底。那个拿我口琴的臭小子已经在另一边坡上。

3——4——3——4——他饶有兴致地吹，劳动号子一样。

估计口琴里都是他的口水。

几天后在青海边，租马的全是年轻人，姑娘居多，一问都是打假期工的学生。个个只重复一句话，骑不骑马，骑不骑马。当然骑，不骑对不起一望无尽的湖岸。骑上后列在前面的马先跑，其他跟上，踩稳马镫，真像腾着云。人和马的节奏合上后，手就空出来了，胸口哄地涌出一股热浪，真希望手里有把弯刀，前面有伙蟊贼，呼啸着砍杀过去，命大的话，不光弄钱，还要抢个婆娘回来……一念之间，整个人生就过完了。

马儿才跑开，理智告诉我绝对速度肯定是不快的，但感觉与坐车不同，坐车时自己抽离于速度之外，骑马则等于人身上多了不知疲倦的四条腿儿，仿佛可以打破时空，打破妄念，跑到天荒地老，跑去另一个平行宇宙。

归山 //

严格来讲，其实不算住在山里，只在山边。山下有河，一丈宽，朋友在河边修间大房子拿来放收藏品，自己睡小阁楼。我们租的旅舍在山腰。夜宴结束，由朋友养的狗护送回去，村里的狗照例拦在路口，要我低声呵斥才散开。

走山路不用带手电，月光亮得每棵杂草都看得见。刚开始爬还能见到萤火虫，再往后除了风声树响什么都听不到。

野兽都躲到后山了。

我是在骊山脚下长大的，每个月跑趟华清池，爬山要爬一整天，到了娘娘庙，看看几百米外的烽火台就下山——不急着登顶，要住一辈子呢！

二十岁时我由朋友带领抄小路，一片林子，手脚并用地上去。烽火台附近增设了收费口，收钱的居然是小学同学，免费放行。真站在楼上，一点儿都不激动，也想象不出烽火戏诸侯有多可乐，心里盘算今天运气好，免了四个人的买路钱！

想到这儿，我在黑暗里笑出声来，身前的狗和身边人都没停步，可能把笑声当成哪里来的回音了。

到了住地，别人睡觉，我坐在门口看远处。远处隐约见着光的地段是县城，县城不大，三条街，也都被山围着。近点的山脚下还能望到朋友的半边住所，也有灯，估计下一轮酒局刚开始。那狗蹲在我脚边也往下瞅。我不敢摸它，怕惹上跳蚤。

它每天送我回来都要在这儿蹲一会儿，以它的听力，是听到山后的兽语了吗？能听见山下的人声吗？真能听见的话，是不是要待主人的话语中有了它的名字才回去？是不是听到山后有野物的低吼才决定留下来陪我？

喂，是不是呀？

Chapter 36

美好的

我坐在书店楼顶上，身边是三本新买的小说，从最薄的那本读起。今天是预报中本周最冷的一天，阳光却史无前例地灿烂。出门时，我犹豫了很久，还是多带了身衣服，太阳下山后气温也许会变得更像冬天。我坐的地方背光，不远向阳处有三只野猫，两白一花，一字排开晒太阳舔毛，头颅有节奏地高低起伏。刚才在书店门口遇见一个姑娘，我出门，她进场，对视大约两秒钟。现在她的眼神在我的眼珠上浮动，挥之不去。

每读完一页，我就抬起头看看经过的人，如果再看到她，我应该过去和她说说话。我从未干过主动搭讪这种事，别人如何不知道，我那样做一定会显得很蠢。但我想如果再见到她，我得和她说点什么。她是个高个儿姑娘，我喜欢高个儿姑娘。旁边的展厅里正在做一个颇大的展，如果我现在走进去，也许会遇见她。但我不打算那么做。我看了五十三页书，抬了五十三次头，没有看见她。

我又看看那些猫，如果现在过去和它们坐在一起，它们肯定都会逃开。我一直有这样的幻想，希望那些动物能读懂我的心，明白我已经足够老，过了折磨它们为乐的年纪。它们会围绕在我周围，鸟呀，猫呀，蝴蝶呀什么的。蚂蚁、蟑螂、蜘蛛，这些带虫字部首的就算了。

我看到第五十六页，一个朋友路过拍我肩膀。他人刚从国外回来，总抱怨国内没有好喝的咖啡。今天他戴着雷朋墨镜和毛绒帽，一副欠抽的样儿。

“在干吗？”

“等人。”我说。

我记得香港艺术家白双全曾做过这样一次行为艺术，他站在九龙塘地铁站C口，直到一个多年不见的朋友路过，他叫住朋友，聊天、拍照、结束。他只等了几个小时，而不是预计的一整天。在一个人口稠密的城市完成那个构想并不难，你看，现在我也应该做得到。

几分钟后，我开始读五十六页的下半截，纸上的故事从白天过渡到夜晚，我也开始觉得冷。空气中飘过煮牛肉的味道。我挪去有阳光的那处屋顶，那几只猫不知什么时候已经离开。我听见

口哨声，第五十六页还没翻过。我看见另一个认识的朋友吹着口哨经过。我不想让他看见我，他这人有些蠢。于是我低下头扎回黑夜中。

阳光完全消失时，我合上书，我看见了她。也许是她，也许不是。她是穿绿色大衣吗？我只记得她的眼睛。她没有记忆中那么高瘦，穿绿色的大衣，正上一辆白色轿车。最后一抹阳光包裹着她，我没有动——这样一来，她就成为离开我生命的美好事物之一了，这个结局无奈、美丽，又全不费工夫。

Chapter 37

同学会里的沙漠旅人

◆◇

我到早了。

六点开场，五点半，我已经坐在酒店大堂的沙发上读书。20世纪80年代末，我住在这儿，小镇上只有四条柏油马路，上学得从田埂间穿过，土路边水沟里有青蛙、水蛇、鲜红的螺卵附在石块阴凉处，水沟对岸的荔枝林里闪过几只家养鸡。二十年过去，现在这里全是工厂、社区、建设中的楼盘和看不到尽头的林荫道。如果不是瞅见镇医院大楼，我根本没发现正走在通往小学母校的路上。我随身带着杰夫 · 戴尔的《然而，很美》。酒店这天承接喜筵，应该是本地人嫁娶，来客一拨拨拥至电梯间上楼。偶尔我从书中抬头，仔细辨认来客，想找出一张大致熟悉的脸。

不是，这个不是，那个不是，不是，不是……

这次是小学、初中同学聚会。小学五年级从西安转来深圳，在小镇待过四年后转学。同学们普遍上学晚，我是班里最小的孩子，他们平均比我大四五岁，最大的一个同学比我大八岁。初二时，学校组建音乐班，初二（5）班，班上一半同学的名字我都忘了，硬去回忆，记得的是各自负责的乐器：A 是吹黑管的，B 是拉中提琴的，C 是吹长号的……我总记得早自习的时候，管乐队的人集中在操场角落练长音，单调拖长的 1——3——5，脚下的杂草里有蚂蚱蹦跳，远处还见得到山丘，烧过的垃圾堆像草地上的一颗黑痣。

六点了，我收起书搭电梯上楼。

“郑先生订的房间，有客到吗？”

“有，这边。”

进房，一个穿白色 T 恤的中年人正在玩手机。

“LFQ！”我还没回忆，名字已经脱口而出。

“啊，LJ 还是 LW？”他站起来，“你是哥哥还是弟弟？”

“弟弟。”

我记得五年级下学期某天，L 同学带了本港版《城市猎人》（第五集）到学校，我立刻被里面美女刑警那两条纤细顺滑的小腿吸引住，求他把书借我回家看。在那个周末，我对着小腿临摹了十来遍，甚至找最透明的办公信纸拓着描。但我怎么也画不好。也就是那时我萌生出“总有一天老子要能画出这么漂亮的小腿”的念头。

现在想想，这姑且可以算是我漫画生涯的起源……

坐下来，L同学给我递烟，我说：“谢谢，不抽。”“哎，现在做什么？结婚没？几个小孩？哎，以前那个湖南仔现在在哪里？你不知道？你们不都是教师子弟吗？对了，我现在有个做游戏的公司，哪天合作吧……”

正说着，门口进来五个人，看到L同学马上爆开客家粗口：“ni a ma zi bie……”后面的话我没反应过来。皮肤最黑的那个搂住L同学的肩膀，其他人忙着点烟，六个人同时开始飙客家话。我暗暗吃惊，讶异自己居然忘了刚来深圳那会儿周围人是以客家话而不是粤语白话为主。凝神听上几分钟，回忆和耳朵达成一致，每个人讲的内容渐渐清晰：房子、孩子、老婆、二奶，谁买了新车，谁和谁不和，谁家的房子卖了，谁又开了新公司他妈的一定又赔钱……

搂肩膀的那个偷偷观察了我一会儿后问L同学：“哎，那个是谁？”

“不记得呀？！校长仔啊！傅老师的那对子子仔！”

“哦！校长仔！”那五个异口同声，豁然开朗，“你是哥哥还是弟弟？”

“弟弟。”

“你记得我吗？”搂肩膀的问我。

“啊……不好意思。”

“我以前是（3）班的。”

“我以前是（2）班的。”另一个说。

“我是（1）班的。”

“我也是（3）班的。”

……

愣是没有（5）班的人。

门口一阵喧闹，又进来四个人。十个客家人频道交错，十几句粗口问候，十几套房子，二十多个孩子，十几个老婆……哎，那个是谁？校长仔啊！啊！校长仔！哎，那个湖南仔在哪里？他老妈以前是我的班主任，恶鬼死！我不知道，没联系了，听说去了上海。又进来几个。哎，那是谁？校长仔啊！哦……你认得我吗？不好意思……你是哥哥还是弟弟？弟弟。哎，那个湖南仔去了哪里？他那时老跟我打架，还拿砖头！不知道，没联系了……

好容易进来一个我认得的，德叔，这次聚会的主要联络人。因为我不上QQ，他通过他表弟找到我（他表弟是我的大学同学）。初中时，德叔特别瘦小，144厘米的身高，现在长到166厘米，事业发展得不错，每个同学都问他新买的悍马开来没有。他跟我说阿佳不来了，西丽湖的那几个也不来，这些女人得团购，一个不来就都不来。正说着，高佬出现。“老板来了！”有人起哄。高佬跟我熟，挤到沙发上和我挨着坐。“你妈妈身体好吗？”（我母亲教过他，还教过他姐姐。）他成绩不错，现在开连锁超市和连锁网吧。跟高佬一起进场的还有五六个女生，有一个是我的小学同班，但叫不出名字了。现在在场的人有四个认识的，我慢慢有了同学会的感觉。他们都发福了，胖一圈，胖两圈，胖一倍……记忆缓缓复苏，我好像越来越确认这个人以前跟我踢过球，那个人我给他画过漫画像……这些熟悉的陌生人脖子上挂金链，皮带扣是大大的字母LOGO，有些人什么也没搞，靠村里分红过日子，有些人什么都做，赚了赔赔了赚。

又进来一个，W同学，他当年是坏学生，他弟弟倒成绩好，是个大学生。十年前，同学聚会，他跟我碰杯，说：“当年你老爸在全校大会上拉我上台批评我，你知道吗？”我心想这是要多少年报仇不嫌晚吗？他笑说：“那可是我最威水（粤语，威风）的时候哦！哈哈哈！喝酒！喝酒！”

阿标也到了。这小子模样没变，肚子大得像怀胎八月。我们当年关系很铁，他是好学生，学习委员，清秀有礼，家里开米店，因为户口问题没考大学，去武术学校学功夫，出来当教练，后来给一港商做保镖。阿标老实可靠，几年后港商主动给他一笔钱创业做生意。六年前他父亲病重，他急急相亲结婚，新娘小他一轮，高挑漂亮。婚礼后，我们偶尔发短信，没再见面。我搬过去和他坐一块，终于没人再问你是哥哥还是弟弟了。阿标人缘好，忙着打招呼，与他同来的肯定也是（5）班的。“但……不好意思，你是……”

“LW！我记得你，你不记得我呀？！”

“啊，不好意思……”

德叔凑过来收会费，每人三百，装在信封里，写上自己名字，一会儿要抽奖。旁边有人问他：“还等吗？开饭吧！”他看看房间里，来了三十几个，三围台刚好。

“不等了！上菜！上菜！”

我一转头，后面那群人已经早早喝开了。酒瓶在门口码着，红的白的洋酒齐全。这么多，喝得完吗？！

又进来两个，是小学同班的。

“记得我吗？”

“不好意思……”

“那时我还去你家里玩呢，印象特别深，觉得老师家就是不一样，好多书！”

“啊，不好意思……”

还好菜上得快，羊腩煲、烧蜡拼盘、蒜蓉琵琶虾。酒倒上，举杯，身体健康！我小小抿一口，德叔干了。

“你怎么不喝？”他看我。

“我痛风。”

“啊，痛风好惨！我堂哥的儿子就痛风！才二十多，一开始说脚疼，以为是崴了脚！查了好久！你痛风就别喝了，随意，我干了！”（他什么时候添的第二杯？）

“德叔，你今天不开车啊？”L同学过来敬酒。

“有代驾呀！”德叔看L同学的杯子，“这么少？加满加满！”

隔壁两桌坐的都是能喝或愿意喝的，开车的不喝酒的全挤来我们桌。不喝酒就吃菜，葱油鸡、石斑、炒油菜、腰果百合……菜下得真快，羊腩煲里的萝卜都挑干净了。我面向墙壁坐着，身后不时飘来一个影子：“来，祝大家身体健康！”女同学也派出代表，一大杯红酒干完再来半杯洋酒。一个谢顶金链大汉一把搂住我的脖子：“记不记得我们以前打过一架？”“啊……不记得了（我初中没跟人动过手啊！）……”“来，我们喝一杯！一醉泯恩仇！”“我不喝酒，我痛风。”

我正举杯示意，他转去搂别人：“记不记得以前我们打过一架？！”

阿标电话响了：“喂，怎么了？我在……你忘了我说今天同学聚会吗？你听，你听这么吵……好，好。”他收线，招手叫服务员：“小妹！小妹！倒酒！喂！德叔！我们也得去回敬一下吧？！走！走！”

我面前的红酒还有五分一浅底，面前的五个同学还是不记得名字。德叔坐回来，倒酒。“哎，”他问我，“待会儿去海岸城唱K，你知道地方吧？”“啊，知道。”“你带路啊！那几个女的不知道路。”另一个满脸通红的过来拍我肩膀：“哎！记得我吗？”“啊……不好意思……”“你妈妈身体好吗？”“还好还好。”“帮我问候她啊！”“好，好。”后面又一阵喧哗，抽奖了。我忙着解释痛风：“就是牛羊肉吃多了，海鲜，烟酒，都不好，血液里嘌呤值过高，异类蛋白，没药医的……”德叔的声音从后面传来：“LW！LW！你中奖了！”

中了二等奖，人民币纪念套装。我拿着奖品感慨，果然是四张大叔们的聚会，看这奖品就知道了……（拿回家，我母亲倒挺高兴，说看，标价两千多块呢。）

六点半开饭，八点刚过，酒就喝光了，又加了几瓶啤酒。一半人喝高了，另一半也差不多。所有人都记得我的名字，知道当哥哥的校长仔在芬兰（就是搞那个愤怒小鸟的地方），那个湖南仔在上海，校长仔未婚单身（他们最羡慕这个），搞艺术呢！我记起十个人的名字，十来个人的职业。阿标凑过来，说：“喂，你现在还在做漫画吗？我正跟人开发手机游戏，你得帮我。”他脸红得透明，肚子似乎又大了一圈。我点头，心里实在为自己现在的清醒惭愧。这三十来个土豪个个猛虎出闸似的重新体验青春，我却冷静得过分，心里盘算着待会儿是不是应该回工作室画稿子。

大合照在八点四十左右进行，不知谁喊了一声，等会儿去唱K，要把还没倒的也喝倒。我吓坏了，脑里自动描绘：十几个红头涨脸的大叔抓着话筒吼着八十年代粤语金曲，茶几上堆满啤酒瓶，我缩在角落里，“痛风”这块挡箭牌早被扔去宇宙深处……而且，确实还有没赶完的稿子。我跟着半醉的队伍下楼，拉住高佬：“哎，我还有事就不去了，你们好好玩。”

高佬点头：“好好好，问你妈妈好，我有时间要去看看老师。”

远处，几个同学正拖着德叔：“喂，你那艘巡洋舰呢？找人开出来！”

我迅速拦下一辆的士钻进去，笃定他们不会发现校长仔没去唱歌，也不会打电话来催。他们现在的重点是赶紧喝醉，赶紧大叫大笑。我突然记起初一上学期结束时和阿威（这次没有出现的体育委员）聊天，他问我暑假干吗，我说：“学游泳，你呢？”“帮家里干活。”“干什么？”“我家开木厂的，搬木头。”当时我十二岁，他十七岁，我的一个小学女同学已经回家生孩子了。他们因为上学晚，眨眼就到了忙活生计、考虑生育的年纪。我嘛，校长仔，是连黑社会坏学生都不愿意收为小弟的胖墩儿。对比现在，即便是到了三十五岁，我还是靠着一股拧巴劲儿生生造出一座象牙塔，任性地做着兴趣主义者，而他们则按部就班地闯过一道道人生关隘。就像当初我刚到南方，他们是本地人，我是外来户，他们已经少年初成，我还属于童年的末期，一个满心稚气的小孩儿，能画会写，如此而已。

当时如此，现时依旧。

想到这里，我像一个独步沙漠的旅人，头顶悬着硕大的圆月，前路茫茫，后路不需望，脸上挂满微笑，心里反复着窃喜与恐慌。

Chapter 38

白日做梦

我想带你来这家书店。

书店开在闹市区，大厦二楼，书种齐全，有我喜欢的小说，有你喜欢的工艺手作，哦，也可能你是喜欢重口味，那请到第三排寻找。儿童绘本区有软凳、硬木椅，可以随意坐，随便翻看，戴上耳机听歌写笔记。外面车水马龙或晴或雨，室内恒温，空调四季如一。每翻几页抬头对视，头几次几十次上百次肯定是心动的，也许终有一天彼此厌倦了，但至少面前的书本常新，故事也就变得难以完结吧？

我想带你去那家酒馆。

临街的一面只有扇小窗，正门在大厦南侧，黑地板、黑天花板、黑桌椅，几盏小灯像浮在空中的火蝴蝶。老板面目模糊，招呼打得也模糊："欢……光临。"

酒不错，烧物不错，饺子可打八十分。就四张小桌，总坐不满，也可能是五张小桌……太暗了，近在咫尺也分辨不清。

这时杯子能准确碰上，就算是有缘了。

这次嘴唇能不再躲开嘴唇，就算醉了。

我想带你去山上的街心公园。

爬了半天，不对，也没有半天，前后不过十五分钟，一头一脸的汗，腿脚哆嗦。

快到了，快到了。

你常常停下来往山下看，好高！好漂亮！我仍在前面闷头走，快到了，啊，到了！

这有什么呢？能看到的地方，爬的过程都能见到，何苦一定到这里？

但你看看周围，都是楼！被六栋二十楼包围着的街心公园，很少有吧！还能看到山鹰哦！

真的？！哪里哪里？

得等。

……

学着欣赏对方的笨蛋劲儿，是爱的修行。

我想……不，我要，我要你带我去你长大的地方。

在我这样的年纪，常常因为客气或不屑而对新事物表达兴趣——啊，好漂亮的孩子，好漂亮的衣服、鞋、车、房子、男朋友、女朋友……但对你，我要保持好奇。

这比什么承诺更实际。

我想带你去那个画展，那是我去过的最大画展，上千人在那里展示衣着、财富、美貌和欲望。你会对我说分开行动，先转左边，四十分钟。你喜欢四十分钟，比半小时长，比一小时短。四十分钟里我们会数次相遇，最后一次时等你转身，我会跟上去，就像《东京日和》中岛津跟踪阳子一样，我也好奇离开我的你会有怎样的表情。你喜欢重温孤独的自由吗？你会露出悲伤的神情却不向我寻求安慰吗？你会突然想与我分享些什么而开始寻找我吗？我看着周围的人，有艺人、名媛、网络红人、艺术工作者、记者、学生、推婴儿车的年轻父母、身上飘散“老钱味儿”的大鼻子老人，每个人都举起手机或相机不停地拍，拍出一堆问号、惊叹号、省略号。在集合的时候，你问我，这半边展厅里最喜欢哪件艺术品。我一直笑，我能说什么呢？

我啊，我一直跟着上帝创造的艺术品，在梦的边缘徘徊。

嗯。

一、二、三，醒！

Chapter 39

逃学事故

说起平生现场看的第一出话剧，剧本是我自己写的。

十来年前，我的小说处女作《逃学事故》有机会改编成电视剧，我既是原作者也兼任编剧。写了一年，投资人跑了，老板一拍脑袋，说不如改成话剧吧。公司资金紧张，老板用莫须有的漫画单行本项目从大学同学那儿要来两万美元。为了给投资人一个交代，我还真带着主笔助理们一笔一画每天完成五到七张稿子。钱到账后，话剧立项，为了压缩成本，照例我来写剧本。我从小讨厌话剧，因为印象中话剧演起来总是拖长声调、假模假式地做作，张嘴先是“啊——”难受死了！老板说：“我理解你，可作为创意总监、公司股东，你有责任去做不喜欢的项目！电视剧你都写了还弄不了话剧？别怕，我给你找老师！”

培训课在那周某个下午开课，就一节，找来深大教戏剧的老师上课。我们在咖啡馆里聊些基本概念，独幕剧、三幕剧、五幕剧，场次之间怎么过渡，怎么设置上下场路线，灯光如何打等等。讲完，老师拍拍我肩膀，说：“小刘呀，好好干！”晚饭后我跑去市内盗版碟基地找了几张 VCD。现在只记得有《恋爱的犀牛》。晚上一面画莫须有的漫画草图，一面构思话剧大纲。凌晨两点回家，认真看话剧碟，实在投入不了，索性关了电视躺床上翻《无间道》的电影剧本。第二天上班，安排完其他人的工作后，我跑去电脑房里，规定自己一个小时写八百字，三万五的剧本一个礼拜内必须完成！那个星期每天晚上等员工下班后，我对着厕所镜子演独角戏，计算实际演出时间，想象光从哪里来，追光怎么跟，演员怎么站位，什么时候上下场……

当时公司在二十楼，夜深，我靠在栏杆上抽烟（是的，那会儿还抽着），看周围大厦灯光渐暗，脚下车辆来去。剧本讲的是中学生逃课的叛逆事，我这个作者却无处可逃。

剧本最后是三万六千多字，改过六七遍成型——不算太叛逆，也不能不叛逆，既得保证演出吸引学生，还要赢得教育局的支持——下公文普及这个项目进学校（全市三十五间中学，每个学生收十块钱，你算算票房有多少？）。当时公司一直在亏钱，数十本书的制作费卡在出版社收不回来。老板抵押房子，股东们也都跟亲戚朋友借过钱，这剧必须成。剧本完成没几天，专业剧团就坐火车从东北南下深圳了，一行三十多人住进我的高中母校（以前教过我的老师时任后勤主任，行了不少方便）。团员们三餐在食堂打饭，学校会议厅拿来当排练室。我和现在的搭档源姐（当时她是行政总监，股东之一）提着水果去看排练。演员真敬业，在火车上把台词都背好了，可一开腔，“啊——老师——我！再！也！不！逃！学！了！”听得我一身鸡皮疙瘩。那会儿年少气盛，直接给老导演提意见，导演说：“小刘啊，我老了，不懂现在年轻人怎么说话做事情，要不……你来指导大家？”

我也不客气，拉上源姐开始导戏。说起来也难为演员，主演们平均年龄近三十岁，要演十七岁的高中生；演老师的小姑娘刚从戏剧学校毕业，是年龄最小的团员，一张圆脸，怎么做造型也盖不住稚气。但她真有功底，对白节奏讲得准，很快改掉话剧腔。排练得差不多了，公司在文体中心租剧场，一天场租八千，灯光音效与正式演出无异。千人剧场就坐十来位领导，托我那当中学校长老爹的福，区教育局长也来了。我躲在二楼看下去，舞台还没手掌大。台词烂熟于心，哪儿仍带话剧腔哪里讲错了，声声入耳。其他的小错，背景板歪了，追光没跟上也都记在心里。但脑子里还有另一个声音，说这都算什么呀，还集体跟老师认错道歉呢……排练时有演员问我："刘老师，这剧情都真实发生过吗？"我说："除了认错道歉诚心悔改外都是真事儿！"

落幕，局长给意见，能否把刚出台的《未成年人保护法》写到剧本里。怎么不行？不行也得行！再改，第八遍，第九遍。第九遍，我实在写不动了——所有错误都要纠正，每个角色抢着忏悔，老师爱护学生，学生尊敬老师，没有冲突，只有误会，最后一众孩子争先恐后表决心，齐声高呼："老师，我！再！也！不！逃！学！了！"我扔了笔躺到地上打滚，不写了，不写了！源姐默默坐去电脑前完成了第九版剧本。下周，同样八千块一天的剧场，同样一楼坐十来个领导，我坐二楼。演员几天时间就背好新剧本，台词顺了，话剧腔依旧。老板私下跟我说那个漫画单行本还是出吧，戏结束学生散场时你就坐在门口签售，再赚一笔。我真是麻木了，点头说好。戏还在演，我在黑暗里心想这样高大全的逃学故事真心要被学生们笑死！如果我可以做决定，宁愿它无法上演！

老天很少答应我让新书大卖的祷告，别让话剧上演倒应承得痛快。就在正式上演前一周，因为另一个文化项目出问题，全市关于高中题材的文艺演出一律无限期暂停。我的面子和自尊保住了，十六万的制作成本变作压垮公司的最后一根稻草。那年年底，几个股东一致决定卖房子，还债散伙，逃学事故真的成了大事故……

Chapter 40

东北高端菜

朋友的朋友赵鹏赵老板开了家高端东北菜，找来名厨，装修花费颇巨，地点隐蔽难寻，破旧大楼内别有洞天，入门就有惊喜。

试业前请一众友人试菜，吃了都说好，就一条意见，能不能小份儿点？你看拉条子那么大一盆跟平价馆子有甚区别？小鸡烧蘑菇如果用高脚小碗装肯定好看显身价。前臂长的大骨头棒子要两个帮厨才抬得动，太野气，分盘装嘛，淋点酱汁马上就有西餐的感觉了……高端就得有高端的样儿呀！

赵老板听了觉得有理：“好呢，回头跟主厨沟通！”

过段时间又见朋友，聊天时问起新馆子生意如何，朋友笑说好多了。

“分盘起作用了？”

“哪有啊！”朋友大笑，“现在盘子更大了！”

话说赵老板找大厨沟通，大厨说东北菜就得这么整。

赵老板说：“那是在东北吧？这儿是南方，你听我的吧。”

大厨为难地答应试一把。

正好第二天有贵客上门，正宗东北老乡，招呼十来个土豪吃饭。主厨把海参分盘装好，还盖上金色圆盖。菜上去没五分钟，贵客叫老板。

“哎，你们这儿咋整的？像话吗？每人前面放这么一小碟儿东西吃啥呀？！我点了十二道菜怎么就见着一道儿呢？！”

赵老板说：“有，有，这道吃完再上下一道。”

贵客拍桌子：“笑话！你这儿是东北馆子吗？！”

话音刚落，两个帮厨抬着大骨头棒子就进来了，后面还有酸菜粉条和孜然羊肉。主厨跟在后面一脸“我早说过吧”的表情。

“东北菜真有这样的传统？”我乐了，“哎，你不就是东北人吗？”

朋友也笑，说：“是呀，我来广东久了，忘了。后来问我爸妈，说东北人请客是喜欢点一桌子菜，还不能撤碟子，得摞起来，压桌子，不能吃完，要剩，不然就算吃饱了主人一看碟子太干净，会觉得没管饱，马上叫厨房再重做一份。盘子得大，越大越好，碟子小了感觉人也小气。你看，我们的认知全反了。”

“那怎么才能体现高端呢？”我不解道。

“也是啊……”朋友摊手，“啊……也许只能体现在价格上了吧……”

Chapter 41

进来

◆◇

进来一个女孩子，相貌清秀，身材均匀，裙子短得刚好——她脚踝两溜被蚊子叮的包，直延近膝，像两条 DNA 螺旋图样。

进来一对老夫妻，带着孙子。老头和孙子坐高凳，老太太去买饮料。

老头问孙子：“在那边你喝这个不？”

孙子喊：“天天喝！”

老头一瞪眼：“你这个死美国佬！”

进来一位个儿不高的女孩儿，在每个人面前停下用手语推销小挂件，我低头希望她别过来。

她在我面前站好，我拿十块钱换了一件俄罗斯套娃。

等她走了，我向店员投诉：“怎么什么人都放进来？！”

进来一个潮男，点完东西坐在靠窗的位置，隔着落地玻璃那头蹲着头胖胖的金毛，眼巴巴地看着他。

金毛身后，一个穿校服的女孩又怕又爱地踌躇着要不要去摸它的头。

进来两个母亲，三个孩子，尖叫，跳，呵斥，要吃蛋糕，要吃雪糕，把纸巾撕成小条扔来扔去，拿搅拌棒互相戳，打响亮的喷嚏。其中一个摔在地上，打翻饮料。

活该!

进来一个穿白背心配短裤皮鞋的中年人，捧着电脑打扑克，万分投入，不时为出错牌懊恼。

那天咖啡馆生意一般，整个晚上就这么六拨客人。

我带了两本书，都是读过的，《沉溺》和《神谕之夜》。面前的白纸上最终没落下几个字。我希望能看到故事的结局，然后学着写一个保罗·奥斯特式的故事。

我想用平实的语言描绘陌生人的一生。

Chapter 42

问句

◆◇

要到什么时候，我才会变成一个热衷看戏的老人？

一杯水，一碟瓜子，戏都唱完了也没吃喝干净。眼睛怕是早坏了大半，眼连肝，脸色许是更蜡黄，可能鼻子还灵。相比海边，更愿意栖身山林，兴许偶尔有未修炼好的鼠仙山神登堂入室聊天打屁。但愿老天把牙给我留几颗，光靠舌头可够不着滋味儿。屋里应是有条狗，洗干净后伏在一旁喘气。狗守着人，消耗自己本不算长的性命，是为了弥补亲情上的缺失吗？它们早早被分赠出户，如果聚居，是否就不那么黏人？

什么时候开始，我把皮带悄悄松了一个扣儿的距离？我已经放弃靠吸气制造弧度了。放松、自然、自由才是最高境界，不是早就清楚要先对自己好才有心应付人间劫难吗？摩根·弗里曼说：最伟大的表演是不动声色,可我的生命处处都是着力过猛的印痕。学设计的那几年画了无数草图，看有数的展览，现在记得的，只剩课堂上读小说写情书的荒唐痕迹。不过转眼，已然十载。

人能不能拥有那种自由——自己决定什么时候出现在生命中的各个阶段？

什么时候我才能读完眼前这本书？

希望越晚越好。

跟书打了那么多年交道，单凭开篇几行字就足够判断内容优劣，偶尔也看走眼，这种失误最让我高兴。

你说，发现一堆顽石中有闪光的一角，还有比这更好的错误吗？

什么时候这世界才会现出原形？或者问，什么才是原本？最复杂的和最简单的同样令人敬畏。最大的灾难也比不过身边人的眼泪。某天在咖啡馆，店里的厕所坏了，我坐在最爱的位子上小心放慢速度喝那杯茶。每隔十分钟就有人，打扮光鲜的小伙儿，烟视媚行的女子，当他们看到厕所门口的黄色牌牌时，世界末日就来了。这是本年度最好的喜剧与悲剧。

一想到每个长相抱歉的人（例如我）都还有一个或多个命中注定的 ta，

我就深信浪漫喜剧不会过时。没什么比一张白纸更让人兴奋和恐惧，就像男人面对处女，就像长居黑暗后见到的第一眼阳光，温暖、致命。

但我们总要跨过那个瞬间。

一个朋友要跟我合作某个项目，还未实施。知道形式上已经有人做过类似的，但我没提醒她。没有恶意，在我看来，艺术的形式，主题早就雷同惯了。不同人有相异的解读，我为什么要扼杀一次可能存在的精彩？

从什么时候开始，对面柜子上的台布被风有规律地吹动起来？也许里面藏了只顽皮的小兽，一次次鼓气吹动帘子引我看。

几个女子在讨论2012年的桃花位，南方，西南方，放水一杯或别的什么什么。

“要赶在世界末日前捉住个男人。”手指细长的那个说。

我们是有多寂寞，死也要拉个真心人！

每则末日传言其实都是一剂新药，让你反问除了家人以外，谁对你重要，谁让你魂系梦随。桃花位是迷信，“最爱的人”也是迷信。

要怎样的匮乏，我才总会在文章剧本的结尾，用“爱”做最后的救赎？

Chapter 43

脑内一角

◆◇

即使是巴黎，十天后也待得厌烦了。到处都是看不懂的文字，带口音的英语，带去的中文书啃光后坐在咖啡馆里一个字也写不出。这世上没有哪个城市光靠自身魅力就能让你克服枯燥，关键是人，你得交到新朋友，见到新事物。

记得最后两晚，因为罢工，计划游览的博物馆不开放，反复走那几条熟悉的街道让我觉得真不介意被绑匪架去热带雨林。我们对每间餐厅评头论足却不知道该不该进去，终于开吃却又后悔，猜想刚才路过的另一家会否更好。电视只有 MTV 能看，旅馆里见不着人，香榭里街上的化妆品店开到凌晨一点，谁还会提早回旅馆？厕所里衣袜半干，我在走廊里等电梯，外面下小雨，只有巴基斯坦人开的小店还在营业,可乐比蓬皮杜附近的要便宜一半。

还是怀念法国中部小城市，旅馆对面就是火车站，梧桐树叶贴着窗台。那会儿每天拖着硕大的旅行箱出门签售，里面装满我的书，签一本就轻一分。坐在车上，感觉自己是美国故事中那种传统的推销员，卖百科全书或大词典，表情诚恳，眼神狡诈。签售时我是艺术家，读者甘愿排四十分钟等我给他们画画、签名；完事后变回凡人，关心的是不要错过列车班次，回到住所还有没有晚饭吃。

列车只有两节车厢，常坐不满，不少人一路捧书翻阅。我幻想哪天会在车上遇见属于我的读者。第二天真的碰见昨天漫画展上买我书的年轻人，大家点个头，各自沉默。一路上我都在警惕她过来说我的书画得很烂写得太糟。她没过来，也没对我说喜欢我的书。

咸鱼和熊掌，两样都没吃成。

幼年，在有限的时间里盯着那台 14 英寸黑白电视。战争戏，偶尔能发现一两个仍在呼吸的死尸，心想真好，连死亡也是假象之一。我可以快速揪掉鸡脖子上那圈绒毛然后一刀划开，却害怕黑暗或拥有六条以上（包括六条）长腿的昆虫。夏天就是全家躺在地板上扇扇子，耳朵压进水泥地，早上被楼下的拖鞋声吵醒。我只记得父亲对我笑过一回，他捧着沙瓤西瓜，逆光中跟微笑同行的还有烟臭气。青年时曾告诉他这个记忆，他很失望，举一长串事例证明父子间有更多欢笑声。现在我临近中年，他讲过的，我仍然一件也记不住。

惊喜？惊喜就是开春时你逮住一只肚子浑圆的蚊子并拍扁之。

“你在秋天打死一只就等于夏天干掉几千万只。”老师说。我们那个年代曾有全国性的除四害（蚊子、苍蝇、老鼠和麻雀）活动。如果你那时告诉我以后会见到比猫还大的硕鼠、比手指还长的蟑螂，我肯定不信。

不信的还包括当我有能力每天买一罐可乐时居然不那么做！十岁的我会忍不住猛踹这个三十多岁的胖子。是的，谁也阻止不了一个人回忆他的生活。几篇用生命写成的演讲稿，讲出来的全是碎骨头：一次牵手、一个吻、几分钟高潮或若干次争吵。

有次和她坐在从广州回来的车上，我真切听见时间切割生命的声音，细腻、坚定、冷酷无情。

“总有一天你会离开我。”我对她说（两个月后这事成真了），“如果那样，我宁愿我们一辈子都是朋友（这个实现了，到现在为止我们仍是好朋友）。”

现在我只关心一件事，有谁会像我爱她那样爱我？

Chapter 44 旁听者

咖啡馆里我最喜欢的位置被两个女生占了，耐性和时间是我仅有的优势，只能坐在一旁等——人在与习惯的战争里几乎从没赢过。

“今天我穿了一身旧衣服，前年的T恤，去年的鞋和牛仔裤，眼镜是四年前配的……当有了‘过季’这个想法时，表明我也学会向‘流行’妥协。时间正吞噬一切，虽然有报道说宇宙并没有收缩而是正往更广大的空间扩张，但作为‘人’这个个体，我们的时间正在一秒一秒地减少……”

我才写了这几行字，注意力就被那两个女生的谈话吸引过去。

她们在算八字，其中一个似乎是专业人士，另一个是求助者。推算内容从童年往事到家长背景样样皆全。

“我十五岁的时候去看电影，回来就被我爸爸打了……”

“你总会遇见浪漫的感情，特别在1998年，你的胆子会比较大，我没说错吧？然后呢，因为胆子大了，你对感情有了非常大的好奇心，但这段感情是烂桃花，所以……”

我开始觉得自己有点像个写不出剧本的落魄编剧，躲在咖啡馆里当速记员，偷窥别人的人生拿来自用。那天我带了手提电脑，重放《心理医生》，只为看那段编剧小子的挣扎，他不停写着故事开头却无以为继，暴怒中把笔记本摔在地上，又赶紧捡起来查看，嘴里念叨着：坚强的本本，我爱你，坚强的本本……

看别人挣扎，自己就好过点。

自欺欺人是可以前后自由置换的咒语。

“你是很想要结婚，但你在结婚时会出现……以你现在的状态看……在4月份，5月中，会有让你对婚姻渴望增强的机会，而在这个月的2号，你将以相反的状态出现在适婚对象面前……”

一般情况下我都会放弃占卜机会，无论抽签还是塔罗牌。不太想提早知道命运。在电影《阳光姐妹淘》里，年长的娜美看着高中时的自己对未来的自己说话，你一定要怎样怎样……如果真的拥有预知能力，换回的悔恨可能多过释然。

了解未来是上帝的玩具，人去碰就是玩火。

“有另外一个人在你身边，也许不是首选……哦，已经有了？那……那他的八字……不用太具体，好的，下午四点，好的，那么……他这个人心思藏得很深，与你不同，你的脾气过于外露，他喜欢把想法全藏在心里，会希望别人发现他的情绪，你要懂得这点就可以抓住他的心……”

记得读过这么一句话：男人是拿来懂的，女人是拿来疼的。

想想也是，男人再老成，内心还是个孩子，女人心打小就沉去海底做针线了。现在各类杂志都在教育你怎么明白女人，同时告诉女人可以任性野蛮不懂事。还有的言论，比如把自己女人宠得别的男人受不了是“男人的骄傲”之类的屁话，相当脑残。

聪明的女人知道啥时候撒娇，啥时候抡大棒子，只有笨女人才以为男人会宠你一辈子。

“今年 2 月 18 号认识的？他去年 1 月有段感情刚刚结束，所以你才有机会与他转变你们之间的关系。他并不一定是你命中注定的婚姻对象，他对事物要求太高，对婚姻更是，所以你要主动做出改变……”

玻璃窗外，两个小女孩在逗弄粘在玻璃上的飞蛾，笑得灿烂又放肆。但她们没有拍打落地窗或尖叫，这很好。我害怕那些没规矩的孩子，笑嚷跳闹，以自己为世界中心。每遇见这样一个孩子就让我对拥有自己的小孩丧失一分热情。

记忆中我是那类安静乖巧的孩子，从不撒泼胡闹，以不惹事为荣活到青春期。

但有次跟母亲聊天，她举了十几个我在客人面前人来疯的例子反驳。

好吧，才十几个嘛，半年一次，很少吧？

“比如他现在四十多了，他会想到三十多时遇见的某个女子有多优秀，他很后悔为什么当时不结婚，但他一定否认自己花心。回忆不代表花心，你们现在谈婚论嫁……一定会嫁给他的回忆，纠结这个没有意义，你今年 5 月份正好是一年中最没信心的阶段，而他今年 6 月是压力最大的一个月，所以你们这段时间是不会太顺利。这个问题要通过良好的沟通解决……你们今年……结了婚也容易吵架导致离婚。你把 7 月稳定度过，到 8 月……”

旁听别人的谈话就像在读一篇个人报道，活了几十年，不到一万字去讲述，你只能靠一些零碎细节、一个坚固的结构和圆顺的节奏概括之。

鲜活的永远是生活本身，“他是一个好人”是不够的，“他是一个犯过错的好人”会更吸引人。

很久不喝咖啡的代价居然是胃疼。我去要了一杯热水，回来时那两个女生已经离开。感情生活永远是结局话题。我搬过去那张幸运桌，收拾脏杯碟送去柜台，然后回来坐下，等候书写状态复苏。

我写啦——

Chapter 45

时间开的玩笑

◆◇

桥洞是我去咖啡馆的必经之路。

最初时只为走捷径，对桥洞并无好印象，觉着那种幽暗地方会藏污纳垢。后来同行的人多了（我想当然认为是附近的书城散发出的书香渐浓所致），各种小摊生意也做起来。先卖些指甲刀、小音响，接着是水果零食、衣物、文具，也不知什么时候起桥洞变成民间商业通道。每次骑车经过都像参加路考，人让车，车躲狗，遇上卖花的电动三轮儿堵路，大家围住一车翠绿不动。

桥洞商业街最东头是修车铺，老师傅清瘦、开朗，无论寒暑每天在树下与人聊天，身前放三四把气筒，免费打气，自助。开始用时都怀疑，又不好意思："真不用钱？""不用不用！"打完道声谢谢，下回来仍小心翼翼——还不用钱吗？

师傅手艺是真好，试过两次在别处判死刑的顽疾，到他手里不过十来分钟，车就重新下地了。

"我以前是修汽车的，这点活对我不是事儿。"

有次他帮我调好脚蹬，突然问："你还不到三十吧？"

"三十六了。"我说。

他把眼一瞪："那你还不买车？！失败！"

西南角有两个档口，或一个，开档的新疆汉子有时卖馕饼，有时又拖多辆小车来烤羊肉。他们一家五口，三个兄弟，大哥的媳妇，大哥的儿子。小孩儿大约两岁多，每天忽闪着长睫毛在婴儿车里端坐着。大哥八字胡，壮，普通话一般，二弟机灵些，每次见我买馕，没等开口就先问："五个？十个？"搞得我不好意思说一个，只好伸两个指头。

"哦，十一个！"

馕就咸甜两味，价格从一块五涨至两块五，生意越来越好，见过不少老人整袋地买。一开始，我独沽甜饼，最近则爱上咸馕。交过钱后，三弟或大嫂就用一把铁钩将馕饼勾住放回炉里烤。咸馕加了孜然蒜头，外围嫩，中心薄脆，如果烤焦一点儿更香。

有次我要了咸的，烤好后大哥突然拿到一边，塞进两烤肉串，夹好，抽走签子递给我。看我傻愣的样子，他们一家五口四个笑，还有一个被笑声吓哭。

读书遇见老桥段，比如偶遇的一对男女，再见面时，男子是女孩闺密的未婚夫。这类情节以前我会觉得太狗血，现在则掩卷叹气作罢。无巧不成书，无巧合不成人生。巧合造就惊喜，更成全无可奈何。我也经历过在人群中寻找与她相似的脸孔这类傻事，没什么不好，都是经历。

懂得，也有懂之不得。

前一种是各类遗世物什，旧人旧画旧器皿，全考你眼光学识，后一种多为人事，见面新鲜各自矜持，时间久了毛病计算尽出。

所以日久见人心真的不无道理。君子之交为何淡如水？淡才有空间，才没有要求。文人下笔要有分寸，做人更得周全。熟不拘礼换个说法就是放肆。“痴”字拆开来是“有病自知”，哪个痴人不会说“我懂我懂，这样那般有多少坏处”？说完了转身仍凑过去，无一例外！

有些事与人，我知道是要错过的，可又能如何？这副心境像老男人续幼齿弦，明知道自己死后她还有大好年华，可以把持家业风流快活，却依旧甘愿撞南墙。图啥？若世事总不两全，那就互相成全好了。

有时我会记起那句话，出现在《改编剧本》第四分二十九秒，制片人用“很特别的表达方式”来形容查理的剧本。不知为什么，我总记成“beautiful voice”，并在读到好文章时就会不自觉默念这两个单词。我觉得这是对创作顶好的评价。

希望有朝一日，也有人这样讲起我写的东西。

相爱的人彼此因为相爱而伤害对方。

某次聚会上，我做了一些搞怪的行为。朋友惊讶说原来你也会这样。我问：“不然呢？你觉得我一直都是稳重的？”她说对呀，不少人也都这样认为。这让我想起有一次我提到在朋友家打麻将，对话中她也说想象不出，觉得犀牛就是应该看书写字看电影。还有某次，我想找朋友诉苦，也吓到对方，她认定牛哥就是一块铁血顽石……这种固定印象……就像我一直觉得父母会不老不死一样。

可生老病死喜怒哀乐，谁也逃不过，是公平的不变法则。

同样，犯傻卖萌愚昧撒谎也不是什么奇怪的事。

那天打麻将，朋友说打牌就是做选择，你是要选清一色、七仙女，还是大四喜？牌如其人也在于此。选择难达到的牌面，更容易失败，回报也更诱惑。我喜欢按最笨的方法，做最简单的牌面。

我和的那把，可以选择和七条或二三筒，也可以单听一筒，我选了后者。我喜欢那样的牌面，看着舒服，而且这种做法够任性惊险。

最后，成功自摸。

有时你一定要坚信自己可以心想事成。

你看，每个人都在做选择，加减法，乘法。

相爱的人因为相爱而坚持让自己尴尬。

分开后，彼此在对方身心的改造才会慢慢显形。那是时间跟你开的玩笑，可以当真，但别认真。

P.G.Wodehouse 曾在作品的献词里写道，没有他女儿无穷无尽的支持和鼓励，这本书应只需一半时间就可写完。

读完爆笑，深有同感——创作人的时间永远不够用。文豪多是失败的丈夫、父亲、儿子，比如海明威，比如纳博科夫，比如菲茨杰拉德（我总记不住他的名字，在草稿上我用“爵士时代”代表他）。但我觉得 Wodehouse 这么写不光是闪现幽默，另一层意思……应该是要谢谢女儿带给作品“质感”。

一气呵成的文字是流星，要捕获靠实力也靠运气，更多时写作就是自耕三分田地，今日收三千，明日可能只有两百，后日还得删掉一千。像史蒂芬·金那样每日定稿五千字的奇才实在少。曾读过一篇叶兆言的访问，他说每天规定自己写五百字，字数一够无论灵感多汹涌也一定停笔。看文章时，我才二十来岁，刚组建图书公司，每天以几千到一万字的数量赶着小说和剧本，觉得叶老师太懒，每天才五百？我半小时就写出来了！更不合理的是有灵感也不写，浪费！

现在再看，日均一万的那些文字全成了黑历史……

而今也学着收敛，有灵感不拦着，只是常在写至七八分时停笔，做其他的工作。被打断的片段过些日子如仍觉得好，才会安心再续。姜文导戏喜欢把演员“腌制”起来，求的是身心变化到自然为止。停文换道也是一种腌制。《卡萨布兰卡》被誉为最佳剧本，浅了说是因为糅合不同片种为一体。以前我理解得生硬，以为意味着每个故事都要加进爱情（三角恋最好）、悬疑、音乐和暴力（刀子、棒子或手榴弹）……其实加减元素不是关键，关键在腌制出质感——腌代表花时间，代表积累和改变。时间花得足够了，它就不再跟你开玩笑，饱满和单纯做到浑然一体，则大象有形。

希望我想的是对的。

Chapter 46

乡事

◆ ◇

乡里老人到最老的时候就变成一个形容词。有福气的像村东头的蔡扁扁（扁额头、扁嘴唇），老伴还在，子女孝顺，每天开饭时面前二两烧酒摆好，孙子孙女在脚边或爬或躺；命不好的是三姨婆那样的，瘫在窝棚里没亲没故，每年县城小学“学雷锋周”是老太太最幸福的七天。蔡扁扁和三姨婆是乡里老人图表的两端，蔡扁扁算五颗星，三姨婆一颗，那些三颗星的生活平稳，四颗星偶尔烦恼，两颗星认命。

图表适合人类社会任一角落。

因为好奇，想下田干活，锄草收稻。大人不准，磨了许久，开恩让堂弟把割草镰刀给我拿着挥舞过瘾。刀锋泛青光锋利无比，比我自己用报纸糊的刀剑好一百万倍。爷爷家养了五十只鸡，十来只鹅，两头牛，一头驴，没有骡子。骡子比驴高大，更像马，更威风。那会儿看电视剧《八仙》，张果老是骑驴的，可他太老，也不像吕洞宾有宝剑，谁都不愿成为他。当神仙有成功的，比如济公，拿身上泥垢搓成大号神丹惩恶济善；有可怜的，土地公土地婆，好像谁都可以欺负他们，总被高级神仙使唤。我在村里辈分算高的，七岁，有个十五岁的侄子。可侄子不听我指挥，还老在天黑后躲在墙角边儿伺机吓唬人。告诉他爸，我哥不给我做主，只能当着大人们的面儿逼侄子喊我“九叔”，赚个口彩。

小叔是个爱喝酒的人。早上骑车去附近工厂上班，回来前常常就八分醉，一路摇摇晃晃，有时冲进沟里，在土坡上睡到月亮抬头，醒来再骑。他从没丢过车，也从未有人扶他起来。有时货车经过照见沟里有人，都知道是刘家庄老八在醒酒呢。小婶也喝，晚上拿瓶 62 度白酒出来催眠。让我尝了小半杯，除了辣没别的感觉，也不知道大人们为什么愿意喝——不如抓几颗冰糖嚼呢，不如弄把瓜子嗑呢，不如沙地产的无籽西瓜好呢。无籽西瓜是黄瓤的，刚切开，我急了说：“小叔这瓜坏了！”老爸在一边笑：“没坏，保证是沙瓤。”

瓜真甜，比冰糖甜。小叔说："别怕热，天越热，瓜越甜，过几天下雨就凉快了。"

下雨让所有的路都变成泥塘。偏偏那天村里有人婚娶，暴雨中听见外面鞭炮响，抓把雨伞冲出去看热闹，凉鞋像种在泥地里，一步一拔。泥塘是收集狂，哪只脚踩下去都咬紧不放。村口树下一把大伞用长杆支着，挂鞭吊在伞下，碎红四溅。四堂姐说这鬼天气，没炸的炮仗也捡不成。雨到傍晚才停，村口化粪池变作一片湖泊，水色墨绿。家家大人都反复告诫孩子不要靠近，里头有水鬼等着勾人。我跟堂弟说那不是小鬼，是水草，《少年科学画报》上讲的。这池子才形成，没时间长水草，可里面都是粪水也不适合游泳。

"我才不下去呢。"堂弟说，"我又不会水。"

每天有条固定的游览路线，乘拖拉机从村口大蜂窝出发到三公里外的草场结束。大蜂窝是片疏松的树林，靠中央的树上有个巨大的马蜂窝。树林是村人纳凉聊天的地方，马蜂在周围菜地草丛中采蜜。晚上有人会把电视机接上广播喇叭的电源，全村老少一起收看《侠女十三妹》。我总有恶念，如果这时找石块砸蜂窝应该很过瘾！但砸完后自己往哪儿跑？周围没有池塘，电影里逃过马蜂攻击都是跳进水里，再折根芦苇秆做呼吸器。这个恶毒的白日梦没做几天，一个傍晚，我见到马蜂窝被放在树林边的空水桶里。五堂姐说蜂窝是药材，晚上有人来收。第二天在拖拉机上尝到用野蜂蜜做的糖馒头，司机吓唬我说馒头里藏着活马蜂，我不听也不信。

暑假以一场盛宴做结尾。清晨过后，路上积水未干，有人摇醒我，起来起来，看杀猪喽！猪已经绑在厨房门口，木架子竖好后几个汉子把猪吊起来，一只塑料桶放在它头下。猪的尖叫只能用惨烈形容，比大蜂窝那儿的喇叭还响。常有文学作品讲到观看屠宰场面会给孩子造就心魔，事实上我一点也不害怕。这段记忆像用恐怖片剧照制作的明信片。你看，刀子握在屠夫手里，当下时间是直线向前的，血冒出时尖叫也停了，桶里的血会在午饭时与下水一起煮成汤放上饭桌。猪脚红烧，猪耳卤制，猪皮炼油。乡间是实用主义基地，与其感慨生死无常，不如一口酒两块肉满足五脏身心。

Chapter 47

给你下吃面

◆◇

六岁时学做饭，学什么呢？不是切菜淘米，先学煮方便面。现在想想多简单呀，烧锅开水，把面饼扔进去，捞起，下调料，奢侈点儿再往汤里打个鸡蛋。六岁的我还没灶台高，学的是怎么开关煤气不怕烫。打小我口味随母亲，喜欢吃米，虽然长在陕西，却对面食感觉一般。年纪渐长，口味也越来越岔回去，以前不吃的蒜头香菜现在全是心头好，面条也是。这不有研究表明面食比米更容易消化嘛，有利减重。现代人无论男女，减肥是死任务。所以现在中午吃米、晚饭吃面，好像一碗面条能顶半架跑步机。

最早的面条出现在新石器晚期。专家通过观测在黄河流域发现的面条化石，推测它是由小米和粟制成的。在 2000 年 12 月的问卷调查里，日本人选了泡面作为日本在20世纪最伟大的发明（我个人认为应是漫画周刊或岛国动作片）。这里要郑重说明的是，发明泡面的安藤百福是台湾人（面条和泡面都是中国人发明的，不知韩国人怎么想），原名吴百福。1958 年某天他将面条丢进太太热好的天妇罗炸油里，意外发现油炸可让面条脱水，并生出能缩短烹煮时间的细小孔洞。第一款泡面是鸡味泡面，前几年有朋友跟我逛香港，因为她男友好吃泡面，除了买电器、金饰、化妆品外，还搜罗了三十五种不同产地（日本、菲律宾、泰国……）、不同口味的泡面回去。我喜欢的美食作家露丝·雷克尔曾花了 80 美金入手 80 多种泡面做调查，最后结论是日本泡面最棒，泰国泡面最奇怪，产自中国深圳的金粉泡面（作为老深圳人，我从未听说过这个品牌）获得最后惊奇奖。露丝评价金粉泡面颜色金黄，拥有惊人的鱼味儿，好像把整个鱼市场塞进碗里。我自己最难忘珠海产的华丰三鲜伊面。高中暑假去广州美院进修，为了省钱买画册，每天晚上买包三鲜伊面当消夜，干啃面饼，调料留下。第二天午饭晚餐合起来买八两白饭，每顿用半包调料送饭。一个月下来耗掉三十斤脂肪，才省一百多块钱，够入手三本画册。

说回吴百福，他创立的日清食品在 20 世纪 90 年代有个广告拍得鬼马得意：一群黝黑土人打猎，追着长毛象跑，大象逃到无路可走，转身一脚踩扁前排几人。这时一个巨大的杯面从天而降，配上广告词：“肚饿咩？日清合味道杯面啦！”意喻为吃的何必那么辛苦。可为口好吃的当然得辛苦。杯面的发明也是意外。为了进军美国市场，日清食品特意在美国进行调研。他们发现美国人把泡面放进喝咖啡的保丽龙杯里吃（太符合老美简单粗暴的个性了），受此启发，用了五年时间研制杯面。1971 年日清杯面上市，当年卖出超过 20 亿碗。这个数字在 2008 年变成全球 94 亿碗，平均每人吃掉 14 碗。我个人那年应该只消耗了 3 碗，那么剩下的 11 碗摊到了谁身上？

曾跟一起吃消夜的美女邻居小马讨论过什么是最好的消夜，烧烤太热气，炒饭太麻烦，还是来碗公仔面合适：调料只放一半，加条滚刀切缝双面煎过的火腿肠，鸡蛋打进汤里焖到半熟，最好蛋液流进面饼，赏心悦目。重点是面条出锅要过冷水才会变得弹牙爽口。这是当年我从港产片里学来的，曾经很是迷住几个女生。当年真简单真自然。泡面除了即时果腹外还具备另一种慰藉作用，比如西北出生的我想在南方做一碗与家乡一模一样的油泼扯面是不可能的任务，近似度 90% 还不如换一碗陌生的面种。追求食物的原汁原味与怀念初恋何其相似，可一难可再，方便面却能突破地域限制，每碗都做到“就是这个味儿”。想吃泡面自己动手不算什么，能有人在深夜给你煮上一碗才弥足珍贵。贵在哪儿？煮一次少一次喽！ TVB 那句“我下面给你吃”太好用，百搭百解，悲欢离合都受得起，可以下流可以家常。一碗面也如是，同时祭祀温暖与孤独，像极了一个人在另一个人生命中的作用。

Chapter 48 创事纪 //

◆◇

偶尔也会有那种什么都写不出的晚上，一切元素都在：灯光、茶水、音乐、杂志和小说。夹板上一张四角微微上翘的A4复印纸。也许是晚餐吃太饱，也许因为空调太冷，也许只能怪自己活得乏味，又或者点错饮料，不该喝清心静气的绿茶，得来杯意浓让脉搏跳舞。

外面下起雨来，黑暗中戴耳机的少女跑过，耳机上闪着红色，像被狙击手盯上。

他一直希望能在海边租个小房间写作，只要有窄长的写字台够放下夹板、台灯，每天在湿冷的海风中起床工作。有时他会接到朋友电话，讲他们自己的生活，真是不如意之事十有八九。有朋友的女儿才读初中，居然拿着零用钱在外面包养奶茶铺打工的小伙计。做父亲的躲在办公室里哭。能有什么办法？我要有把刀就去劈了那小子！

朋友在海边投了块地建起一大片欧化小公寓，没半点人间烟火。“全都被人买走了！”朋友说，“一群二货！”他站在样板房里说：“你这里我这辈子都买不起啊！”朋友给他胸口一拳肩膀两下：“喜欢就先住着！寻个能看着海的房间，再找个妹子来。”（为什么所有人都认为他能随时召唤妹子献身？）

两天后，他住进来，套房还未装修好，浴缸扔在大厅中央，客房倒设施齐全，有张不大的书桌，网速不慢。他裹着被子窝进浴缸读书、抽烟、喝保温瓶里冷得发涩的麦茶。那晚天刚黑，隔壁响起喧闹，派对，party，有人在讲法语。他学过两年法语，听得出里面有纺织厂主、出版商和电子音乐制作人。他克制了很久才没去敲门——加入到快乐的人群中是件可怕的事。

刚才书里有句话：“希腊文化的风格：高贵的单纯和静穆的伟大。”静穆的伟大在于，能把迷茫、无助、慵懒和失落变成一种仪式。高贵的单纯……他看着隔壁灯光苦笑，这世道哪儿来的高贵，哪里还有单纯。

“什么都写不出的晚上遇见一个什么都不想说的朋友。”他在面前的纸上写，“幸福生活需要……”需要什么？一个会跟你吵架闹脾气的爱人，还是吸走你所有时间精力存款的孩子？

他在家里还保留着小学时的画，一个绿色的小人儿在红色的山丘中奔跑。那就是他的理想，不是当长跑运动员，是做一个以玩耍为职业的大人。

“对人世间一切事物失望是最容易的逃避。”他继续写，“能够自解太难，要忍住好奇，在感觉不对的一刹那驻足更难。”

是的，如果当时他听从直觉警告，就不会跟她在一起了。他想等她讲出真相，她不说。自作聪明是人的通病，自作多情也是。现代社会，大家都有离婚的机会，他并不特殊，就像把作家当成志向一样稀松平常。他现在成了朋友里第一个离婚的。小时候第一个学会游泳的也是他，盛夏里一个人浮在另一种介质里。每个人都希望在自己的感情生活里有一点儿危险的元素存在。其实想深一层，保持单纯才是幸福的要素。

“孩子们，”他另起一行，“你们在一起就像共同创造一套前所未见的魔术，要小心，再往后，日常生活成了破解魔术的过程。无论多不可思议的相遇相知到最后仍不过是简单的荷尔蒙游戏，小概率事件。所以不要失望，要恍然大悟。”

写满面前的A4纸后，他出门去夜市吃晚饭。今晚多云，看不见星星也没有月光。路灯两旁是盖了一半的别墅区。十来辆摩托迎面而来，每辆车后面都绑着一扇或几扇猪肉。运送扇猪的货车停在不远处的路中央，地上星星点点的猪血还有半小时就会被洒水车冲干净。工地围墙的缺口边有流浪汉的家什，拐杖、不锈钢海碗、棉被，人不知去哪儿了。转过弯就听得见打碎酒瓶的响动，没有生意的茶庄里牌局正旺。一辆出租车缓缓地跟上他，他摆手，车子加速开走。站在十字路口往两边看，黑暗让每条路都像没有尽头的花园小径。那儿好像什么都有，又似乎什么都没有。

他掏出手机记下突然想到的文章结尾："世上早就没有新鲜事了，可问题仍比答案多。真相比真理可贵。"

Chapter 49

细碎的拥抱 / /

◆ ◇

咖啡馆的落地玻璃前，一只甲虫拼命用前肢挠着那块透明的墙，直到关门熄灯都不曾停止。

天气预报说有雨，结果太阳烈得可以把人融掉。小区里，那个拄拐杖的老人照例穿着长袖衬衣出来散步。

和朋友聊天，发现我们其实已经认识十七年了。她似乎被巨大的事实狠狠打倒，然后猛地陷入缅怀与感慨中。

去朋友公司，进门后发现整层楼都没人，推门往里面走，所有门窗都关死。再转出来，大门反锁了。我给他打电话，给他老婆打电话，都没人接。转身看见墙上的告示，为庆祝特区建立三十周年，今天放假。

后来我跳窗离开，现在时常担心他们保卫科的人会来抓我。

工作时，我把键盘声当作一首断断续续却永不停止的爵士乐曲。

乐团里，每个人都知道要做什么，在什么时候停顿，于何时变调，没有标准就是最好的标准，不去配合就越发和谐。

你还记得自己第一次站在众人面前发言吗?

我记得。

他们那么认真地看着我，好像在等候一场闻名已久的魔术。怎么，你们都觉得我可以从白纸里变出一只直立行走的老虎?

每次创作都是一次冒险，那么，欢迎你们加入。

小时候我很享受丢钥匙的过程，你得沿着路边往回走，每片枯叶下都可能藏着惊喜。把视线集中起来，世界也就变得大了，而所有被遗忘的也获得重新浮现的机会。不一定有用,却足够好玩。

吃饭的时候说旅游，前几年团长（我们几个旧同学组成“渴肉团”到处觅食，可惜现在有吃不动的趋向）和她母亲去印尼玩，她表妹做导游。

表妹在印尼长大，中文是请私人家教补习出来的，不是太灵光。

经过一片田地，她指着，手舞足蹈地形容半天。

团长和伯母像在玩综艺节目里的猜谜游戏："啊？什么呀？"

"就是……就是那个嘛！那个！大米！大米的朋友！！"

"大米的朋友？！"

后来才知道，大米的朋友就是糯米。

有些细菌，可以活在一万米海底或火山口的岩浆边。它们非常简单，没有太多知觉，只为了分裂、繁衍，活不了太久，也没有意义，但它们活过，也体验了死亡。

它们是属于自己的英雄。

害怕回忆录，因为一般的回忆录里总是充满自恋、忏悔、煽情和错误的记忆。

也许自己的那部除外？

坦白说，我不好奇结果。

失败的恋情和联姻说起来都一样：两条活鱼，一潭死水。

凌晨梦见了你。

应该是凌晨时分，梦里从中学时代的画室直接跳到了巴黎，带着几个同伴穿街走巷，寻找那家我们觉得最好吃的餐馆。但画满涂鸦和油画的街道却与记忆中不同，导致在梦中就开始质疑——我是在做梦吧？

也是昨晚，地震了，床先摇晃，窗框咔咔地响。

对面邻居的客厅灯亮了，没人说话，大家都在等候晃动过去。

早上查过，震得不算太厉害。

人越大，对恐惧的掌握就越熟练。不是不怕，是懒得表现。

家里借给朋友拍戏，一开门拥进十来个孩子，扛器材提化妆箱，男女主角披着大衣背台词。场记和化妆的没地方坐，都站在楼道里吹风。

晚上回来，脑海里只有“大军过境”四个字。

拖地板，擦家具，打扫房间，整整两个多小时。

造孽。

《我们在此相遇》是那类需要安静的心和环境阅读的好文。

它提醒我，生命里到底遗忘了多少东西，并不是我能真正记得的。

说得真矛盾。

有时想，作为写书人，即使明白这个世界运转的规律，也无法超越它。明明有些东西失去后会心疼，却不会在它存在时牢牢抓紧。

所谓智慧，拥有它的先决条件也许是无视。

我多希望自己能写得更好些，能用文字给你们细碎的拥抱。

Chapter 50

沙滩上的孩子

说是去海边，那就去呗。几辆车挤进三十多人，为的是腾出地方堆啤酒。还有呢，还有腌好的鸡翅、鸡腿、鸡胸肉，香肠、玉米、墨鱼丸，几瓶蜜糖、几包香料，烧烤叉若干。就这还怕不够？反正去的地方有得买，不急不急。

时间应该是2000年，或者2001年5月，在南方这种不分四季之地，月份是团理不顺的麻。我那时还在做兼职主编，公司出钱搞春游，不去白不去。深圳虽属沿海城市，市区内却没有适合游泳的地界，要到海里游就得往东一直开，跑去惠东。那天日头毒辣，所有云层都轻薄如纱，所有东西都闪闪发光，印在眼珠上化作银河数条。中午吃海鲜，大铁盘里堆满贝壳虾蟹，我都不爱，只拿鱼和青菜下饭。酒是早喝开了，三十多人里女孩子一只手就数得完，论酒量倒是冠亚季军全占。吃饭的地方是座竹棚，没有空调，进食过程像蹲进暖汤浸泡。我们多数人从未在海里扑腾过，心被海风吹得鼓鼓的，海比酒诱惑。

饭后别第一时间下水，容易出危险。我提醒几个早早把泳裤当内裤穿的小助理。

记忆中对海最初的印象来自老电影《大海在呼唤》，几个海员在浪花里挣扎，拖只大海龟上岸，齐心协力撬开壳吃肉饮血。那时我大约六七岁，也许更早，看的还是露天电影。我们小孩儿挤在银幕前，小声议论。

我说《科学画报》上讲海水是咸的，不能喝，越喝越渴。如果在海上没水喝只能喝尿。

“那海里的动物为什么能喝海水？”另一个孩子问我。

答不上来，于是决定不回答这个问题：“最咸的海叫死海，跳进去也不会沉，从来淹不死人！”

那孩子又问：“人死不了，是因为海先死了吗？”

海平静得让我失望。波涛汹涌在哪儿？巨浪滔天在哪儿？就这么几层白沫子也算海浪？我们走进水里，抬手舔，果然咸，微苦涩。再走深一些，没觉得有多大浮力，却体会到海浪的暗劲，像一群水孩子推你后退，别过来别过来。一头扎水里，睁眼，灰蓝混浊的世界，下面是乳黄色的沙，视力范围不过两米远，果然与游泳池大不同！

有些好奇，这地方会不会钻出头大白鲨？如果来了，记得一拳打它鼻尖，叉它眼睛。

很快胸口发闷，浮上去才发现没游多远，脚还能够着底呢。

记起这趟海边之旅源自几周前，一个旧同事在微博上晒照片，@了我和另外几人，有看见的网友问："哪个是你？"我回复说："后排最高的人左手旁那个脑袋就是我呀。"网友惊呼："你那时好瘦！"当然，差着二十斤呢！另一个问："如果现在的你有机会和当时的自己对话，会说什么？"我想了想，能说什么呢？所有该发生的总会发生……最实际的莫过于告诫那几个大中午跑去海里折腾的半大小子，别以为在水里泡着就晒不着，过两天个个全身红肿脱皮，有得好受！

回忆是碎片，回忆录就是万花筒，怎可能从开始写到结束？

吃过晚饭，有助理从大排档拖来两箱啤酒，老板娘租下一只由汽车轮胎组成的筏，说要开到海上喝酒。谁去？大伙儿一拥而上，筏上坐五六个，水里漂五六个，扒着轮胎边就成人肉发动机。筏主人是个中年渔夫，用竹竿撑筏，没一会儿已离岸百米。筏上的喝酒，筏下的踩水，几乎没人讲话，谁喝完谁下水，换另一个上来。有人把手电照进水里，光被水波冲散，看到十来条大腿摇曳。

岸越来越远，几近不见，灯火细如梦魇。如果换作现在的我，一定心里充满恐慌。臆想：我们会不会被洋流卷去大洋中间？又或者哪条腿抽起筋来一沉不起？年轻的好处就是一副鲜活肉体加一颗青涩大脑，勇字还在心口，能走就走，说走就走。人活在世上，得抱团为筏，也无明灯，不需灯塔。只管眼前酒，莫理身后云。

第二天一早转换战场。老板娘参与过不少环保事宜，知道一处海龟科研基地，那里有不对外开放的港口（现在听说已经变成旅游景点了），据说当晚正是海龟上岸产卵的好时节。

去看海龟下蛋？太好了！

深入荒野，阳光让车厢变烤炉。柏油路转成沙尘道，一片树林覆盖了起伏不大的丘陵，坑越来越多，越来越深。我能感觉吃过的海鲜正在胃里翻滚。

“这破路！”一个助理突然发作，“要是掏了海龟蛋的话，往回带可就麻烦了。”

毫无征兆地，土路在拐进一块约两百平方米的空地后消失了。连海腥味都没闻到，海就铺陈在眼前。站到空地边上才发现这里是悬崖，有条羊肠小路通去下面的沙滩。沙滩白得过分，大约两三公里长，三十几人站进去才显出它的广大。沙子真细，棉花般厚实。

果然一只脚印也没有，真是块处女地！

古怪的是，虽然这儿不接待游客，却在半山腰上修了数十个烧烤台。一部分助理开始准备晚餐，我和几个善泳的跑去海里捞蛤蜊。脚伸进水里踩一下就有，用脚趾夹起一看，只有拇指指甲大小，要找大个儿的就得游去深处。我的泳裤后面有个小口袋，正好装战利品，有次还抓到一只栗子大的海螃蟹。贪婪真是绝好动力，频繁下潜却一点儿都不累，最后捞了满满两大饭盒蛤蜊，用海水煮了吃，与烤鸡翅是绝配。

最后一箱啤酒搬到沙滩时天已近黑。

酒喝下去，太阳什么时候消失，月亮什么时候爬上来都不重要了。不用灯火，年轻人的眼神就够亮了。月光踩着海浪涌过来，酒也涌上心头。阿雄喝多了，满地打滚，嬉笑着去抱靠近他的人。阿雄留一头长发，话少得过分，是我最得力的实景助理。一年后我自己创业，第一个就挖他入伙，除了画功好、坐得住、人够善良外，那晚的酒醉也是原因之一。他平常太像机器人，喜怒无形，酒醉的他比较有趣，证明这娃儿不是城府深，是太害羞。

为了看海龟上岸，大家决定睡在沙滩上等。夜凉如水，几张铺在身下的草席成了香饽饽。我抢到一角，心想草席裹身是死人待遇，不吉！可冷呀，管那多！裹上也不暖，索性把干沙子往身上拨拢，盖层沙被至少可挡海风。

不知什么时候，所有人都睡着了。

早上，我被一个助理讲梦话的细语唤醒。他半边脸埋在沙里，身子蜷成团，拖鞋甩到头顶。

我努力回忆：我有说过梦话吗？那些在梦中相见的人，我有叫出你们的名字吗？叫过谁呢？我确实有哭醒过的经验，却忘了为谁哭。

我爬起来，眼睛半睁半闭，以最快的速度冲进大海。海水真冷！边骂娘边尽全力冲刺。天蒙蒙亮，没有日光照射的海水黑得像一锅酱油汤。那时我还不会换气，只懂潜泳踩水，一口气憋一分钟没问题。海床摸上去比前天粗糙，也许沙底藏满新的蛤蜊？海沙抓在手里像块半融的黄油，我浮上来转头看海滩方向，也许是眼中还有水沫，我看到海滩背后的山正欢快地扭动着。

那晚我们二十多人在沙滩上最好的地段一字排开，阵势浩大吓坏了海龟妈妈，据科研所的人事后说，它们挪去沙滩的另一头产卵。

每段回忆都是自己的私人珍藏，每段回忆都是别人耳中不好笑的笑话。

印有那张合照的漫画月刊被我封藏在床底，看着电脑上的截图，我想象这群人变成现在的模样，大家在沙滩上坐下来聊天，你怎样我怎样……还好人都活着，虽然反目的反目，生子的生子，有人离婚，有人破产，大多数转行，大部分人结婚。

这个聚会在现实中应该很难有，只好再想象。如果真有平行宇宙的话，也许在某个宇宙的圆月夜里，大家仍是一众躺在沙滩上打闹的孩子，有的半醉，有的半醒。

Chapter 51 谁来听我的演唱会 //

◆◇

幼时做过这样的游戏：把书架上的地球仪拿来，拨动，伸出食指突然按停它，手指停在哪儿，以后就去哪儿。

什么？十八岁我要去非洲？

好吧，再来一次，二十岁时我要去……还是非洲？！

二十五岁……冰岛？冰岛是什么地方？

三十岁……墨西哥？（如果手指再抬高一点点就能去美国了！）

三十五岁……日本……

二十多年过去，以上所说的都没去过。

这世界无视任何人地转动着，哪怕全球数十亿人一起把食指抵住，它也不会停。

我记得以前拥有至少三架地球仪，墙上贴一张世界地图（七巧板），一张全国地图（雄鸡），一张全省地图（陕西省，一个半跪秦俑）。现在什么都没有。不需要了，想找直接开电脑。

商店里还卖地球仪，实心木头，镶金边，精品，高档。

地球知道“地球仪”这东西吗？它知道活在自己身上的叫作“人”的细菌对它频繁索取施暴的同时也狂热崇拜它吗？那是什么感觉？嗯？是不是……就像一个人听见床单上靠吃自己皮屑为生的亿万只螨虫朝他高呼万岁那样诡异好笑？（得了吧，喊几万遍也没用，明天一放晴就请你们进烤箱！）

老爸可以反复地看同一部电视剧，《还珠格格》《亮剑》《铁齿铜牙纪晓岚》。也许对他来说等于听戏，戏本一样，伴奏一样，演员一样，唱念做打永不失手，什么时候笑、什么时候哭都定好，没有期待的娱乐，不需好奇的探索。

去公园固定绕圈就叫散步吗？

人为什么可以一遍遍体验同一个故事呢？像不像一遍遍体验同一个梦？（如果每天都梦见同一个人，会不会真的爱上对方？）

变化是潜在的。有天早上为了篮球赛，我早早起床开电视，却调不出平时的画面。捣鼓五分钟后，我明白了，现在播放的是高清台，我得退出，返回主页，进入标清模式。老爸是什么时候学会区分高清与标清的？他每天……每天就那样而已，以同样的姿势横在沙发上，一会儿睡一会儿醒，遥控器扔在膝盖边。我开门。他说："回来了？""嗯。"我又开门，问："门锁不锁？"（你待会儿要下楼散步吗？）"锁。"（不去了。）

凌晨回来，耳朵贴上门板，鼾声正响（管乐队），一切正常。去里屋，门开着，母亲过了六十岁也开始打鼾（小提琴独奏），有声，也正常。

绿豆粥在锅里，有时干稠，有时过稀，太干就一勺蜂蜜，太稀就一勺半。葡萄干在罐子里发酵，酒味一天比一天浓。我在困意最浓的时候吃夜宵，然后清醒着度过接下来的两个小时。读书，读杂志，尝试提高水果忍者的分数。

没人会来听我的鼾声。

杂志上介绍"维多利亚的秘密"御用模特的减肥饼干食谱：只用燕麦、杏仁、核桃和水压制成型后烘培，不含油糖，比全麦饼干还低热量，怎么吃都不胖。

可……他们知道全麦饼干当初发明出来是为了降低男性手淫次数吗？

Chapter 52

天堂电影院

1990年的夏天，夜晚还是比白天凉快，晚自习早已结束，校门口的杂货店前，我们四个或坐或站，手里把玩长短不一的匕首。我和老哥的那两把一模一样，长约二十厘米，刀把雕着盘龙，刚从地摊上买来不超过一个礼拜，刀锋都没开。阿标的那把菜刀应该出自家里厨房，锋口磨得极薄；阿威那把最专业，二尺长的牛肉刀，还用布条把刀和手缠在一起。

大家都没出声，静静等。

四个人中，我是副班长，阿标是学习委员，阿威是体育委员，我哥是某科目课代表，我和老哥还是校长的儿子。之所以拿着刀等“开片”（粤语，打架），是因为有人扬言要找阿标麻烦，起因很普通，女人。由于是好学生，我们不属于任何帮派，有麻烦只能自己解决。

怎么办？大家你望我我望你，挤出一句：“同他死过（粤语，跟他拼了）！”

时间过得不快不慢，没有月亮，黑暗中大约有野狗土蛙出没，大家好像进入禅定，没人关心附近啥时传出脚步声。

对方会来多少人？五个？十个？二十个？管他呢！来多少有啥区别？我们这儿就四个。

2001 年四五月间，我在兼职公司里已经做了两年主编，正为改编古龙早期作品《孤星传》头疼，助理在门口探头：“玮哥，马生找你。”

马生是香港画神马荣成先生，他的作品《中华英雄》曾创下单周销售 22 万本的纪录，《风云画集》更是改编成电影《风云》。当时他公司的制作部门与我所在公司合作，记得第一次见到他出现，我和主笔、助理们都像见到外星人一样惊讶——这可是大伙儿从小心目中的偶像！现在却成了同事！不过他每次来都匆忙得很，我们从没有过交集。

他找我干吗？

“马生，你找我？”

“有读过古龙的《英雄无泪》吗？”马生问。

“没有。”

他把书递过来：“返去读完再来。”

当晚通读，第二天回去敲门。

“我想改编这本书，我看过你的东西，还不错，有天分，你试着做一期给我。”马生说。

当晚起稿，第二天给他看。港式漫画一本大约28~32页，一周一期，主编的工作等于编剧加导演，要起构图，写对白，确认彩稿位置（每期有几格重点是单独做彩稿），定音效字和设定颜色。

马生翻完，叫我去：“不对，节奏太慢，你想想，读者花13块买你一期书，你要多给他们东西，不然买得不值得。”

再改，他满意了，然后很认真地看着我：“你，有没有兴趣来香港帮我？”

1999年2月某个晚上，她给我打电话说要我去她家楼下一趟。她是我单恋五年的女孩儿，1997年表白后没有回应，因为不在一个城市上大学，大家继续维持半年见一面的来往。我们通信，我一周至少一封，她以一到两个月一封的频率回。我知道自己没什么希望，可又不死心，那么多年心里放着她已经成了习惯，无法割舍。

到她家楼下，我们闲聊，她说前两天我带她去看的画展挺不错，问之后还有什么安排。我说正在赶稿子，看看过几天要不去哪里晃一下。我挺想说过几天就是情人节了，又觉得说了唐突，情人节又如何？我们现在能像好朋友一样见面聊天已经足够，还是别破坏这种自然的气氛比较好。

临走时，她交给我一封信。

我骑车出去后没多远，停在路灯下打开，心境平和无比，又似乎有点预感——信的内容会不同以往。

信还是她的风格，写得随意，说自己的迷惑，说刚看了《堕落天使》的VCD，还有……像她自己在信里说的，总在不停绕圈子。最后她说："我坦白对你的感受，没有奢求，只想让你知道你身边有这么一个人……"

那晚之后，她成了我的初恋。

还有，那个情人节比我想象中更饱满。

现在，2013年，我坐在咖啡馆里，专心读手上这本《肉桂色铺子》。舒尔茨的语言像绽放烟火的夜空，到处都是灵气四溢的词句。我想起他的死亡，因为作为纳粹军官的宠物才能够活着，又因为只是宠物，被军官的对手蓄意当街射杀，只为报复同僚杀了自己的宠物犹太人……我顺手在笔记本上记下一个构想：如果有这样一个电影院，死后，放映你也许拥有的人生会怎样？

嗯……先看看我之前那三段人生的真实结果吧。

1990 年的那天晚上，没有人来。也许在对方眼里四个好学生发来的战书根本就是一个笑话。我们四个等到十点多，收了刀各自回家，以后也风平浪静。

2001 年那天下午我看着马生，停了两秒。

我说：“我还在上大学，大三，如果明年毕业后还有机会的话，我当然愿意跟马生你学习。”他点头，说：“好呀，你自己好好考虑，但我提醒你，这种机会也许只有一次。”（大概是这意思，年代久远，原话估计马生自己也不会记得。）

我说：“我知道，谢谢您。”

其实不用他提醒，我也明白，这机会再也不会有了。

2009 年，我在网上遇见她，她说她要结婚了，又问我和女朋友相处如何，我说：“我们挺好的，恭喜你！”她发了个笑脸，然后说：“看到你写的了，好甜蜜啊，‘我最爱的女孩’哦。”

我回复：“你知道吗，你给我的那封信，不是在第一页背面还有些内容吗？我直到前几年才发现。多可笑啊，反复翻看那么多次，从未注意过！当时我就觉得奇怪，为什么你在信里没明确写喜欢我，原来是写在背面……”

最后我删掉了回复的 97 个字符，只发去一个做鬼脸的符号。

那么，如果。

如果那些相约的人来了，可能我们四个都不会顺利升学、成家，做生意的做生意，搞艺术的搞艺术，而是变成烂仔、少年犯，或者残废，或者尸体。如果真死了一个或两个，我们剩下的就会每年聚一次，喝酒，叹息，摔瓶子。不，也可能只是沉默地抽烟，沉默地喝酒。不，也可能不会有聚会，大家各过各的，那个晚上变作一场埋在心底的梦魇。

如果我没有拒绝马生邀请，在大三放弃学业去香港当漫画主编，现在可能年薪六七位数，结婚生小孩，运气好能供层楼。当然，也可能被公司裁员，跑回内地混吃等死。可我就没有这十来年的各种挫折历练，不会折腾光七位数字的投资，不会写小说，不会举办画展，也不会写剧本，不会指导话剧演出，不会出国，不会认识他们，她们，他，她，它。

如果我没有帮她圆出国梦，如果她真的留下来，也许现在我们也不会在一起。初恋能走到最后的，在我周围的伙伴里只有一对。可是，可是，万一我们真有那么好运一直走到底……哈，这白日梦做过太多次了，比童年记忆还模糊。但我一直都感激她，有了她，我才会从十来岁开始拼命让自己变得更好，没有她，我不会是现在的我。

如果真有那样一座戏院，会是巴洛克风格的华丽建筑吧？猩红色的幕布拉开，空荡荡的剧场里只有我自己的呼吸（在天堂还需要呼吸？）。镜头开始了，第一个镜头……如果是在我自己的天堂里，第一个镜头一定是……

蓝猴子

蓝色猴子藏在那堆文件夹后面，差点就错过它。猴子有下撇的嘴角，白肚皮，头顶冒出绳结，最长可以拉出十五厘米，松手后马达一转，四肢规律地上下扇动，像饮花蜜的蜂鸟。这是他和她之间的信物，一次游园活动的纪念品。他们为了什么打赌，她又为了什么输掉。他说："以后我一拉这个，你就得跟着做动作，不管生气高兴还是上厕所化晚妆。"

她说："好。"

后来有段日子他把猴子当护身符，真有效，吵再有理的架，一拉绳子两个人就都笑了，就又好了。她一直憋口气要再赢什么一次，也给他立点规矩。

"白日做梦！"他揪她的脸，戳她腰胯，她受不了痒逃跑。

分手那天，他没带着它。

一段沉默引来一个老问题，一句疑问变成一句质问，理由变成借口，恋人变作对手。他在争执中间后悔，怎么就没带呢？（好像已经很长时间没带了，时间久了，再大的脾气也不够可怕）但带了又怎样？她不再笑了。

哎，哎，哎……哎呀，都是上辈子的事情了。

他把绳扣捏好，拉，放手，颤动从指尖传抵心肺，他在惯性驱使下笑了。这时他才发现从来没给它起过名字。

小黑 //

她把关于他们的照片都存在新买的移动硬盘里。

超过一百个 G，才几年，居然照了那么多。从不同电脑的不同文件夹中收集照片占据了她整个中秋假期，比加班还累。她没好好出去吃顿饭，没收拾屋子，没有为明天的暖房 party 做准备。分手之前，她就搬出来了。“公寓越小越好，”她对房产中介说，“我很忙。”她从网上入手五箱干白，一天一瓶，对身体的伤害比安眠药小。受父亲影响，她从小培养自己遇事冷静。青春期一过，她发现自己情绪出现强制性的滞后反应，无论高兴伤心都做不到即时发作。一开始他很欣赏这种冷静，最后却骂她麻木、冷血、神经质。

父亲总说最大的优点同时也是最大的缺点。

关好电脑，把酒喝干，站在阳台给外卖打电话。今天吃点辣吧，辣子鸡，再加份鱼腥草，米饭要半份。她点烟，黄昏过半，楼下小区游泳池里还有不甘上岸的孩子。她突然想起刚才收起的最后两个文件夹，一个叫“小黑 1”，另一个叫“小黑 2”。她曾送一架 Canon 的 G10 给他做生日礼物，没过一个月，镜头就被磕出一处瑕疵，拍出的照片右上角会显示两处模糊黑点。那以后，拍照时他用尽心思将黑点融入深色区域，一座树林，一顶秀发，一把黑色阳伞。凡是用这相机拍出的照片构图都不自然。她安慰他说没关系啦，多像《龙猫》里的煤球精灵！第二天醒来，她发现右边的眼镜片上被他用油性笔点了两个黑点。

那是她第一次在他面前笑得满地打滚。

不要想了，别再想了。她对自己说，你饿了，你饿了，你饿死了。

你自由了。

Chapter 54 四故事 //

◆◇

1. //

重庆大厦改造前，她从未进去过，前男友说里面每个月死一次人，越南人卖毒品尼泊尔人吸。旅馆的墙是木板，晚上隔壁做什么都听得一清二楚。但那么危险，他还是去里面帮她买咖喱面包。吃面包的时候，她感动极了，面前的王子愿意为自己赴汤蹈火，面包味道如何早就不重要了。

转眼过去好几年，现在大厦门口变作光鲜的时装店，里面来往的也不都是黑皮肤。她隔几个月去买一袋咖喱粉，小超市地上脏脏的，架子上摆满即食饭面。

谁会在办公室热一盘来自印度的咖喱米饭？

第一次买的时候，店里每个人都盯她，她觉得自己变成麻风病人。现在不同了，印度超市的员工也懂得用普通话说你好再见。

她就在那里碰见过他一次。

就一次，也可以变成新习惯。

2. //

从车一开动，他就听到断断续续的说话声，尖细，在头顶周围飘来飘去方向不定。他很想摇醒旁边的人问问他们是否也听得见。小时候遇见过奇怪事，在旷野上坐车望窗外，一个外国人靠在路边的紫色卡车旁，等他坐的车一过就飘上天。

没人相信他。

刚才喝酒，交换故事，一个漫画家说他自己撞邪的事：我不能写鬼故事，一写就尿血。

他想象血淋在白瓷马桶上的情景，心里发凉，睾丸缓慢地缩进体内。

那声音一直没停，隐约能听到笑声，拉长了显得越发恐怖。

完了，是不是碰上不干净的东西了？还是我偶然开了天眼？

那以后一辈子不都得担惊受怕？阿弥陀佛！阿弥陀佛！坏了！那些东西……它们会不会知道我已经开了天眼？会不会……

车前头，司机一边打方向盘一边想，真他妈闹心！等明天到了省城就赶紧写报告说车上的音箱坏了。

3. //

（本段创意源自我父亲未发表的短篇小说）

四叔半岁时被豹子叼跑了，大家都认为娃娃活不成。谁知过了两年，四姑奶奶在院子里逮住了来偷鸡蛋的小儿子——四叔。四叔张牙舞爪地吼，咬伤四姑爷爷后跑上山。家里男丁拉着狗去搜，在豹子洞里发现了他和仍有温度的豹子屎。

半年后，村里大户牵头，在洞口修了座豹孩庙。庙里供着泥塑，一头巨大的金钱豹和叼着豹奶头的孩童。

因为豹孩和抱孩同音，这里成了求子神庙。

4. //

喂，该你讲了。

图书在版编目（CIP）数据

你可以把这本书当作一个收费的拥抱 / 犀牛大哥著
.—北京：中国华侨出版社，2014.8
ISBN 978-7-5113-4858-6

Ⅰ.①你… Ⅱ.①犀… Ⅲ.①随笔—作品集—中国—当代 Ⅳ.①I267.1

中国版本图书馆 CIP 数据核字（2014）第 202560 号

你可以把这本书当作一个收费的拥抱

著　　者：犀牛大哥
出 版 人：方 鸣
责任编辑：焕 章
经　　销：新华书店
开　　本：880mm×1230mm 1/32　印张：7.75　字数：145 千字
印　　刷：鸿博昊天科技有限公司
版　　次：2014 年 11 月第 1 版　2014 年 11 月第 1 次印刷
书　　号：ISBN 978-7-5113-4858-6
定　　价：35.00 元

中国华侨出版社 北京市朝阳区静安里 26 号通成达大厦 3 层 邮编：100028
法律顾问：陈鹰律师事务所
发行部：（010）82068999 传真：（010）82069000
网 址：www.oveaschin.com
E-mail：oveaschin@sina.com